De roep van de eenhoorn

Karin Erkens

een uitgave van de Letternar

©: Karin Erkens, 2017
Tweede druk

ISBN: 978-90-8888-019-3

Met speciale dank voor de totstandkoming van dit boek aan Esther Lamerichs, Els Smid, Judith van Krevelen, Adinda Volkers en Els Thijsse. Mede dankzij hun kritische blik, eerlijke feedback en zinvolle aanwijzingen heeft dit boek zijn uiteindelijke vorm gekregen.

Hoofdstuk 1

Eeuwen geleden leefden de eenhoorns in grote wouden. Zij leefden vredig met elkaar en waren groot en sterk. Hun vacht was glanzend wit en hun manen waren zo zacht als zijde. Het allerbeste van de eenhoorn was de hoorn. De hoorn bezat magische krachten en zonder die hoorn stierven ze onherroepelijk. Ze leefden het liefst bij water onder de schaduw van de bomen. Op een kwade dag ontdekten de mensen de eenhoorns. De mensen vonden de hoorns prachtig en sloegen deze met hun flitsende zwaarden van de hoofden af. Ze dachten de eenhoorns nog als paarden te kunnen gebruiken, maar de arme dieren stierven stuk voor stuk. Grote droefheid heerst er sedertdien in de wouden.

Na een rampzalige dag, waarbij de laatste eenhoorns werden gedood, lag een eenhoornveulen tegen de buik van haar gestorven moeder. Uit de wond op het voorhoofd van het stervende veulen stroomde rood bloed met een paarse glans. Vanachter een boom verscheen een kleine fee. Ze vloog naar het veulen toe en sprong zachtjes op haar hoofd. Nu huilt een fee zelden, maar op dat moment biggelden dikke tranen over haar wangen en één van die tranen viel op de plek waar de hoorn weg was geslagen. Daar waar eerst een gapende wond was, groeide de huid dicht, om de hoornpit heen. De jonge eenhoorn krabbelde overeind en dacht: 'Dank je, Maya.'

'De rest kan ik niet meer helpen,' dacht Maya droevig. 'Ook jij zult het eeuwige leven niet meer hebben. Slechts duizend jaar mag je leven, dan zal ook jij sterven. De laatste eenhoorn. Verberg je nog dieper in het woud en laat je nooit aan een mens zien. Dan zullen zeker je laatste dagen zijn geteld. Verstop je snel tussen de struiken of achter een dikke boom als je ooit een mens hoort naderen.'

De eenhoorn kon Maya's gedachten verstaan en keek bedroefd naar haar gestorven familie en verdween in de eenzaamheid van het donkere woud.

Vrolijke lichtjes twinkelden in de boom. Esmeralda had een langwerpig pakje uitgezocht en opende dit nieuwsgierig. Wat zou de kerstman nu weer hebben gebracht? Het bleek een hoorn te zijn. Verbaasd keek ze ernaar. Wat moest ze nu met een hoorn? Een lange, gedraaide hoorn. Ze keek vragend naar haar moeder.

'Vind je het niet mooi, Esmeralda?' vroeg haar moeder. 'Hier heeft de kerstman heel veel geld voor betaald. Het is een hoorn, ik weet alleen niet van welk beest.'

Typisch iets voor haar moeder om zoiets te kopen. Haar moeder had altijd vreemde ideeën over wat mooi was.

'Wat kan ik ermee?' vroeg Esmeralda.

'Nou, je kunt het op je bureau neerleggen en er wat potloden in steken.'

'O, een potlodenkoker,' zei Esmeralda ongeïnteresseerd. Ze bukte zich om snel een ander pakje te pakken. Daarin zat een paardje van porselein en dat vond ze veel leuker. Ha, dat had haar vader voor haar gekocht. Haar vader wist wel wat ze leuk vond. Ze was dol op paarden. Ze had zelf een paard, dat was gestald op manege de Zadelhoeve en haar kamermuren waren volgeplakt met paardenposters. De knopjes van haar houten bureau waren kleine, goudkleurige hoefijzertjes. Een ander bureautje waarop haar computer stond, was aan de zijkant versierd met door haar vader gefiguurzaagde paarden. Aan één van de muren in haar kamertje hing een paardenhoofdstel met een spiegel erin. Allemaal van haar vader gekregen in de loop der jaren. Haar ouders verdeelden de presentjes altijd over beide kerstdagen; de eerste dag altijd wat meer dan de tweede dag. De eerste kerstdag kreeg ze ook nog een boek over paarden. Dat was van haar vader. Dan nog een knalroze fietsbel om bij de deur van haar kamer te hangen; natuurlijk van haar moeder. Een cd-rom met een paardenspel. Dat was weer van haar vader. Een bedelarmband met zilveren speentjes? Dat was dus iets van haar moeder. Esmeralda had geleerd dat je een gegeven paard niet in de bek moest kijken, dus gaf ze zowel haar moeder als haar vader een stevige zoen en bedankte hen hartelijk.

Die avond legde ze de hoorn op haar bureau en stopte er een potlood in. Ze tekende ook graag; paarden natuurlijk. Ze legde er een dikke stapel papier voor, zodat de hoorn nog half te zien was. Het porseleinen paardje kreeg een ereplaats op de plank boven haar bed. De volgende avond wilde ze het paardje natekenen. Ze zette het paardje voor zich en pakte een mooi vel papier en het potlood uit de hoorn. Ze begon te schetsen. Het potlood vloeide over het papier en niet lang daarna bekeek ze met lichte verbazing het resultaat. Ze had een hoorn op het hoofd getekend en dat was niet de bedoeling. Ze gumde de hoorn weg en tekende het hoofd mooi glad. Ze wilde haar potlood weer pakken en stootte daarbij het paardje om. Hoewel het niet zo hard viel, brak toch het hoofdje. Nu was het een porseleinen paard zonder hoofd. Verschrikt keek ze naar het beeldje. Ze voelde tranen opwellen en haalde diep adem. O, wat vreselijk! Wat zonde! In de lade had ze nog een tube lijm liggen, al zou het nooit meer zo mooi worden. Ze herstelde het beeldje zo netjes mogelijk en besloot naar bed te gaan. De volgende ochtend, meteen na het opstaan, bekeek ze het beeldje. Ze was niet van plan om het tegen haar ouders te zeggen. Waar zat nu die breuklijn? Ze keek nog eens goed en kon het niet ontdekken. Had ze het beeldje zo goed gelijmd? Ze pakte het op en bekeek het nog eens goed. Ze kon de breuklijn echt niet vinden. Het beeldje leek als nieuw. Dat was des te beter en opgelucht liep ze naar de badkamer. Het was een mooie dag om naar de Zadelhoeve te gaan. Juist in de kerstvakantie was het prettig om iets leuks te doen. Niets was voor haar leuker om naar Arival, haar bruine merrie, te gaan. Ze had Arival al vier jaar en het was een prachtig en lief paard. Op de Zadelhoeve aangekomen, begroette ze Arival en het dier besnuffelde haar vriendelijk.

'Kom, Arival, ik ga je eerst borstelen. Daarna gaan we een ritje maken.'

Een mager winterzonnetje scheen, en ze besloot naar het bos te gaan, zoals ze vaak deed. Op hun dooie gemak reden ze door het bos, waar sneeuw op de kale takken van de bomen lag. Na een tijdje van de winterse natuur genoten te hebben, wilde ze terug en probeerde Arival te keren. Arival luisterde niet en bleef doorlopen.

'Kom, Arival, ik wil niet te diep het bos in,' zei ze en trok nog een keer aan de teugels. Arival vertikte het om te luisteren.

'Kom op, wat is er nou met jou?' vroeg Esmeralda.

Dit had ze nog nooit meegemaakt. Alle pogingen om Arival te keren waren tevergeefs. Het paard voerde haar steeds verder het bos in, over het ruiterpad. Plotseling bleef het paard staan. Haar oren gingen strak naar voren staan en ze hield haar neus in de lucht. Ze snoof en begon lichtjes te trillen. In de verte klonk een vreemd geluid. Alsof iemand laag floot. Het klonk droevig en onheilspellend en Esmeralda werd angstig.

'Kom Arival, ik vind het niet prettig hier,' zei ze. Ze begreep het gedrag van Arival niet, want het paard luisterde altijd. Ze trok nog harder aan de teugels. Arival knikte met haar hoofd en luisterde eindelijk naar haar berijdster. Ze keerde om en begon te rennen.

'Rustig, Arival. Rustig, niets aan de hand.'

Esmeralda probeerde Arival te kalmeren. Pas na een paar honderd meter werd de tred van het paard rustiger. Ze keerden terug naar de manege. Eenmaal weer thuis, liep ze meteen naar haar kamer. De knalroze fietsbel - wat een afschuwelijk ding - hing naast haar deur. Op de plank boven haar bed lag een blauw kussentje, met gouden linten versierd. Op dat kussentje lag de hoorn. Natuurlijk had haar moeder die fietsbel naast haar kamerdeur gehangen en die onzin neergelegd. Het porseleinen paardje stond nog op haar bureau. Ze haalde haar schouders op en zette de computer aan.

Ze was verdiept in een spel en werd eruit opgeschrikt toen ze haar moeder hoorde roepen: 'Es, eten!'

'Bah, eten. Het was net zo leuk!' mopperde ze.

Haar moeder had een zuurkoolschotel klaargemaakt met ananas en perziken, precies zoals haar vader het lekker vond.

'Waarom noem je me toch steeds Es als je me Esmeralda hebt genoemd? Had me dan Es genoemd,' zei ze tegen haar moeder, terwijl ze aan tafel schoof.

'Niet zo brutaal, jongedame. Je heet gewoon Esmeralda. Ik noem je Es als ik dat wil.'

'Ze heeft wel een beetje gelijk hoor, Nadine,' zei haar vader en hij gaf Esmeralda een vriendschappelijke tik op haar schouder.

'Kom op, Esmeralda. Dan maken we die heerlijke zuurkoolschotel van je moeder soldaat,' zei hij vrolijk. Ze trok haar neus op, terwijl haar vader twee flinke lepels op haar bord schepte. Ze was niet zo dol op zuurkool en zeker niet met vruchten.

'Mama, waarom heb je die hoorn op een kussentje gelegd?' vroeg ze.

'Het is toch zonde om zo'n prachtige hoorn op je bureau te laten slingeren,' was het antwoord van haar moeder.

'Je zei zelf dat ik er potloden in kon doen.'

'Dan kan toch? Nu ligt hij dan mooi op een kussentje. Het is een prachtige hoorn.'

'Van wat voor dier eigenlijk?' vroeg haar vader.

'Dat weet ik niet,' antwoordde moeder. 'Ik heb hem gekocht in een antiekwinkel in de stad en dat ding kostte een klein vermogen. De antiquair wist het ook niet. Hij had het van iemand gekocht, die het weer had gekregen uit een erfenis. Ik vond hem zo apart. Ik dacht meteen dat ik die moest kopen voor onze Es.'

Esmeralda haalde haar schouders op. Ze vond het best, die hoorn op het kussentje. Beter dan die bedelarmband voor kleuters of die afgrijselijke fietsbel bij haar deur. Haar vader had beloofd de deur te vervangen door een ouderwetse staldeur met een hoefijzer erop. Hij had jammer genoeg nog geen tijd gehad. Daar paste zo'n fietsbel toch niet bij?

Die nacht lag ze na te denken in haar bed. Ze zou na een tijdje, zoals meestal, de spulletjes die ze niet mooi vond in de doos onder haar bed doen. Tegen die tijd was haar moeder alweer druk met andere dingen bezig en zou er niet op letten. De hoorn kon ze echter niet zo laten verdwijnen. Haar moeder zo u er vast naar vragen. De hoorn. Ze knipte het licht aan, ging geknield op haar bed zitten en pakte de hoorn. Het ding was nog behoorlijk zwaar en er lag een zilverachtige glans op. De hoorn was ook lang, zeker dertig centimeter en de punt was scherp. Het was een mooi ding, dat wel.

'Het lijkt wel een hoorn van een eenhoorn,' mompelde ze en begon te giechelen. 'Ha ha, dat kan niet. Het is vast een nepding, al lijkt het wel echt. Ik ken geen enkel beest met een dergelijke hoorn. Mijn moeder heeft zich vast in de maling laten nemen.'

Ze legde de hoorn terug en ging slapen.

De volgende ochtend was er telefoon voor haar. Haar beste vriendin Bianca was terug van een korte skivakantie. Gelukkig heelhuids. Die middag spraken ze af bij de Zadelhoeve. Tijdens het verzorgen van hun paarden, vertelde Bianca honderduit. Het was de eerste keer dat haar ouders op wintersport waren gegaan. Ze had niet veel aan het skiën gevonden. Wat ze wel leuk had gevonden was Menno. Menno was een Duitse jongen en ze was verliefd op hem geworden en hij op haar.

'Hij heeft donkerblond haar en hele mooie, bruine ogen,' vertelde Bianca met blozende wangen en zwijmelende ogen. 'Ik heb zijn mailadres gekregen en ik heb hem al een mailtje gestuurd. Ik ben zo benieuwd wat hij terug mailt.'

'Ach, een vakantieliefde,' zei Esmeralda nuchter. 'Dat kan toch nooit iets worden.'

Bianca keek haar vriendin geïrriteerd aan en sneerde: 'Heb jij zeker nooit meegemaakt, hè? Dan weet je er ook niks van! Je bent gewoon jaloers!'

Daarna keek ze weer met een verliefde blik en zei: 'Volgens mij gaat het echt wat tussen ons worden. Hij heeft beloofd in het voorjaar naar Nederland te komen en mij op te zoeken. Ik verlang er al naar.'

Met de verliefdheid van haar vriendin kwamen de belevenissen van Esmeralda nauwelijks aan bod. Ze vertelde over de vreemde hoorn die ze met de kerst had gekregen.

Bianca haalde haar schouders op en zei: 'Ja, je moeder geeft altijd van die rare dingen. Weet je wat ik heb gehad? Van Menno?'

Vol trots liet ze een zilveren ketting zien. Een klein, hartvormig hangertje blonk in het magere winterzonnetje.

'Als iemand zoiets geeft, dan is het echte liefde,' zei Bianca stellig.

'Ja, natuurlijk,' zei Esmeralda, die haar vriendin niet meer wilde tegenspreken. Ze zadelden de paarden en gingen een eindje rijden. Bianca had het de hele weg door over Menno. Menno hier, Menno daar, Menno was zo leuk, Menno was zo vrolijk, Menno kon een aantal Nederlandse woorden. Esmeralda hoopte dat ze eens ophield over Menno en begon telkens over iets anders.

'Kijk, het zonnetje schijnt alweer. De sneeuw zal snel smelten.'

'In Oostenrijk scheen de zon ook. Het was prachtig weer. Menno en ik gingen vaak wandelen.'

'Heb je zin om vanavond bij mij te komen? Ik zal dan aan mijn moeder vragen of je mee kan eten.'

'Ik moet natuurlijk wel met Menno mailen. Als ik straks thuiskom, heb ik vast een mailtje en dan mail ik hem direct terug. Ik weet natuurlijk niet of ik dan wel kan komen.'

'Heb jij dat opstel over dierenmishandeling al af?'

'Nee, daar heb ik geen tijd voor gehad. Weet je, Menno houdt erg van dieren. Hij heeft een hond thuis, waar hij dol op is.'

'Zullen we zaterdag naar het nieuwjaarsfeest in de disco gaan?'

'Zaterdag? Misschien. Ik heb nu geen belangstelling voor andere jongens. Ik denk toch alleen aan Menno. Hé, wacht even. We gaan te ver.'

'O ja, je hebt gelijk'

Esmeralda maande Arival terug te keren. Weer luisterde het eigenwijze dier niet en liep gestaag door. Bianca was al omgekeerd. Het gedrag van Arival was zondermeer vreemd. Normaal gesproken zou ze Blisco, het paard van Bianca, willen volgen.

'Arival, luister nou!' riep Esmeralda. 'We gaan weer terug.'

'Hé, wat ben je aan het doen, Es?' riep Bianca.

Arival liep door en Bianca was weer terug gekeerd en riep nog een keer: 'Wat ben je nu aan het doen, Es?'

'Sorry, Arival luistert de laatste tijd niet.'

Hoe hard ze ook aan de teugels trok, het paard luisterde gewoon niet. Ze ging gewoon haar eigen gang en nam een zijweg. Het leek wel alsof Arival in een droomtoestand verkeerde.

Opeens bleef Arival stilstaan en spitste haar oren. Esmeralda voelde dat het paard licht trilde.

13

'Kijk, Arival. Daar staat een bordje: "Verboden toegang voor onbevoegden".
'Dit is het landgoed van jonkheer van Desenhouwer Gravedam. Dus we moeten terug,' zei Esmeralda, terwijl ze Arival over haar manen streek.
'Huh, nu hoor ik het weer!'
In de verte klonk het lage klaaglijke gefluit. Het klonk nu wel zachter.
'Hoor je dat, Bianca?' vroeg Esmeralda.
'Wat nou!' zei Bianca. 'Zal wel een uil zijn. Kom, laten we teruggaan, Es. Ik wil naar huis, mijn mailbox bekijken. Er is vast mail van Menno.'
'Kom nu op, Arival.'
Esmeralda trok hard aan de teugels en pas nu luisterde Arival en keerde om.
De vriendinnen spraken voor die avond af, bij Esmeralda thuis.

Hoofdstuk 2

'Bianca komt vanavond,' zei Esmeralda tegen haar moeder.

'Leuk. Blijft ze eten?'

'Nee, want ze moet mailen met haar grote vakantieliefde. Ik ga even naar boven, mailen met Bianca!'

Esmeralda wierp haar jas slordig over de kapstok en liep de trap op. Ze merkte niet dat de jas intussen van de haak af was gegleden.

Ze rinkelde de fietsbel en vroeg zich af wanneer ze het vreselijke ding eraf kon halen. Als haar moeder in haar kamer wilde komen, klopte ze niet meer. Ze rinkelde gewoon de bel. Als paps nu eens zou opschieten met die deur, dan had ze een goede smoes om die rare bel weg te halen.

Ze zette haar computer aan en keek tijdens het opstarten naar haar bed. Opgemaakt door haar moeder, zoals altijd. Haar moeder kon dan wel een beetje vreemd zijn, ze was wel pietje precies. Nu had ze de hoorn anders neergelegd. Hij wees nu met de punt naar het bed. Esmeralda legde hem snel weer overdwars en liep naar beneden om een zakje chips te halen.

Ze hoorde haar moeder mopperen.

'Wat een sloddervos is Es.'

'Oeps, sorry mam. Ik had niet gezien dat mijn jas was gevallen. Waarom heb je die hoorn anders gelegd?'

'Hoorn?'

'De hoorn, die ik met de kerst heb gekregen. Die lag anders!'

'Kind, ik ben niet aan de hoorn gekomen. Ik heb je bed opgemaakt, want als ik het niet doe, doet niemand het. Verder ben ik overal afgebleven, hoor. Of nee, ik heb je trui die in een hoekje slingerde even in de wasmand gegooid.'

'Ook goed,' mompelde Esmeralda en stormde naar de keuken om een duik te nemen in de voorraadkast. Er lag alleen nog een klein zakje paprikachips.

'Ook goed,' dacht ze en liep weer naar haar kamer, waar de computer uitnodigend wachtte.

"Bianca&Blisco@mailbode.nl" typte ze in het venster.

"Hai, Bianca, al wat gehoord van je grote geliefde, smak, zoen. Ha ha ha, dat gaat niet over de mail," schreef ze en stuurde het berichtje weg.

Ze begon wat te surfen. Ze wist niet zo goed waarheen. Uiteindelijk zocht ze in de zoekmachine naar 'hoorns'. Gek dat zo'n mal cadeautje haar zo interesseerde.

'Even kijken. Hoorn, muziekinstrument, nee. Neushoorn, nee. Het plaatsje Hoorn, nee, dat ook niet. Hoorns en geweien. Ja, dat is wel interessant. Hoorns en dino's. Ja, misschien is de hoorn wel van een dino,' sprak ze hardop.

Al snel was ze verdiept in een website over oeroude dieren.

'Gehoornde dino, de triceratops, herbivoor. Bezit zeer lange blanke hoorns,' mompelde ze. 'Natuurlijk, die hoorn is van een dino!'

Ze zocht nog verder en kwam op een site over walvissen. Daar las ze dat de slagtand van de narwal, een soort walvis, vroeger werd gebruikt als hoorn van de eenhoorn.

'Dat is het natuurlijk. Het is de slagtand van een narwal!'

Ze wist het zeker. Er stonden plaatjes bij en die tanden leken precies op de hoorn die zij had gekregen. Ze slikte even toen ze las dat een narwaltand van dertig centimeter op een veiling driehonderd euro kon opbrengen. Ze pakte de hoorn en bekeek hem van alle kanten. Het kon natuurlijk ook een schelp zijn, een mooie exotische schelp.

Ze werd uit haar concentratie gehaald door de stem van haar moeder.

'Eten, Es!'

Nog snel even naar de mailbox. Geen bericht van Bianca, wel een kleine voorraad spam. Ze liep naar beneden en schoof aan de eettafel, waar de dampende pannen al stonden te wachten.

Bianca was laat. Een stralende lach leek zich vastgezet te hebben in haar blozende gezicht.

'Kom snel naar boven en vertel,' zei Esmeralda nieuwsgierig.

'Hij heeft me gemaild en mist me vreselijk. O, ik ben zo opgewonden. Ik ga mijn mailadres veranderen in Bianca en Menno apenstaartje mailbode.nl.'

'Zou je dat wel doen? Blisco dan?' vroeg Esmeralda verontrust. Want haar vriendin moest wel haar verstand zijn verloren, om haar geliefde paard zomaar aan de kant te schuiven.

'Nou, dat blijft ook wel bestaan, hoor. Ik neem gewoon een ander mailadres erbij. Alleen voor ons.'

Na een half uur zwijmelen begon Bianca weer een beetje belangstelling te tonen voor haar vriendin. Ze lag in een deuk toen ze de knalroze bel goed bekeek. Ze schuddebuikte van het lachen toen ze de bedelarmband zag. Uiteindelijk kreeg ze de hoorn in haar handen.

'Hij is waarschijnlijk van een narwal of een dino,' zei Esmeralda bloedserieus.

Bianca had de slappe lach gekregen. Ze sprong op en zette de hoorn op haar hoofd. Met haar rechterhand hield ze deze vast, haar linkerhand legde ze tegen haar rug en wapperde ermee, als een soort staart. Vervolgens begon ze te springen als een kangoeroe. 'Van een dino, ha ha ha ha. Hoe vind je mij?'

De vriendinnen hadden als vanouds lol en zowaar, Menno was een klein beetje op de achtergrond geraakt.

Niet voor lang, want Bianca keek op haar horloge en zei: 'O, het is al tien uur. Ik moet naar huis. Menno zou na tienen een mailtje sturen met een leuke foto van zichzelf en zijn hond. Dus ik ga. Ik zie je morgen wel weer op de Zadelhoeve.'

Esmeralda was een beetje teleurgesteld. Haar vriendin was zo veranderd nu ze verliefd was. Ze hoopte dat het snel weer over zou zijn.

Het was druilerig weer de volgende dag. Esmeralda keek naar de grijze lucht en trok haar regenjas aan. Bianca kwam laat. Natuurlijk weer helemaal hoteldebotel aan het mailen geweest. Nee, erger nog. 'We chatten!' riep ze enthousiast. 'Hij heeft zo'n gave hond, een echte Duitse herder.'

'Nou heb ik nog steeds geen foto van hem gezien,' zei Esmeralda.

'Ja, da's waar ook. Mijn foto's van de vakantie zijn helemaal mislukt. Ik zal de foto die ik van Menno heb gehad voor je uitprinten. Of weet je wat, kom jij vanavond bij mij.'

'Afgesproken.'

De dames gingen hun dagelijkse ritje maken.

'Hé, Es, zullen we de andere kant nemen?' vroeg Bianca.

Esmeralda trok een sip gezicht en keek naar de lucht.

'Langs het bos? Ik weet niet, Bianca. Ik vind dat minder gezellig. Langs de weg, de auto's die langs razen, ik vind dat helemaal niks.'

'Daar hebben Blisco en Arival toch geen last van? Er ligt toch een ruiterpad, een voetpad en een fietspad tussen?'

'Nee, sorry, Bianca. Ik heb er geen zin in, ik wil gewoon op het vertrouwde bospad rijden. Morgen gaan we wel jouw weg.'

Nu was het de beurt aan Bianca om beteuterd te kijken, Daarna haalde ze haar schouders op en mompelde goedkeurend. Het bos bezat nog steeds zijn fraaie wintertooi. Met de regen zou dat snel verleden tijd zijn. Het ging precies hetzelfde als de andere keren. Arival liep stug door en luisterde niet.

'Ik vind dit vreemd, Es,' zei Bianca. 'Dat gedrag ben ik van Arival niet gewend. Blisco doet niet zo gek.'

'Ik weet ook niet waarom ze dat doet. Weet je wat, ik rijd nog een stukje verder.'

Ze sloeg de zijweg in die Arival al eerder had genomen.

'Waar ga je heen, Es?'

'Ik ga een klein stukje.'

'Je doet maar, Es. Ik ga terug!'

'Ook goed,' mompelde Esmeralda.

Ze liep voorbij het bord "Verboden toegang voor onbevoegden" en na enkele meters bleef Arival weer staan. Esmeralda spitste haar oren. Ja, daar was het vreemde geluid weer. Die lage, verdrietige fluit.

Ze trok aan de linkerteugel om Arival te wenden en zei: 'Kom, Arival. Het is die kant op. Laten we gaan kijken waar dat geluid vandaan komt.'

Nu luisterde Arival wel. Het geluid stierf weg en zwol weer aan. Zo ging het een tijdje door. Esmeralda was nieuwsgierig geworden.

Het bos werd ruiger. Het was duidelijk dat hier geen onderhoud werd gepleegd. Het pad was erg smal en Esmeralda moest bukken om geen takken in haar gezicht te krijgen. Toch kon ze niet voorkomen dat er op een onoplettend moment een tak tegen haar gezicht zwiepte en een pijnlijke striem op haar wang achter liet. Ze begon te mopperen en wilde terugkeren. Plotseling stond Arival stil. Ze waren aangekomen bij een open plek, waar sneeuw de aarde deels bedekte. Ze stapte van Arival af en voerde haar aan de teugels verder. Het geluid klonk nu heel dichtbij. Zo mooi en ook zo treurig. Een prachtig wit paard stond op de open plek. Het hoofd was naar de boomkruinen gericht en de lippen vormden zich tot een tuit, waaruit het droevige gefluit kwam. Een zachte bries beroerde de lange manen van het witte paard.

Esmeralda kreeg kippenvel en ze fluisterde: 'Arival. Kijk nou eens wat daar staat.'

Ze had de zin nog niet uitgesproken of het witte paard stopte met fluiten, draaide haar hoofd in Esmeralda's richting en keek haar aan. Tot haar verbijstering zag ze dat er in het voorhoofd van het prachtige dier een diepe wond ontstond en bloed langs de neus stroomde. Daarna galoppeerde het weg, verder het bos in. Arival begon te hinneken.

Esmeralda stond als aan de grond genageld. Ze begreep het niet. Een schitterend en gewond dier. Langzaam raakte ze uit haar verstarring en keek naar Arival. Het dier brieste nu lichtjes en schudde met haar hoofd.

Ze sprong op Arival en zei: 'Kom, Arival, we moeten snel terug. Ik ga Van Dijk waarschuwen. We moeten dat arme dier helpen.'

De eenhoorn was het bos in gevlucht en kwam terug bij de plaats die ze kende van vroeger. Haar wond deed afschuwelijk pijn en ze besefte dat ze zou sterven, want een mens had haar gezien. Welnu, dan hier en niet in het eenzame bos waar ze al die tijd had vertoefd. Hier was een meertje, hier raakten de zonnestralen de aardbodem. Dit herinnerde haar aan een gelukkige jeugd, voordat de mensen het onheil kwamen stichten. Ze knielde neer en wachtte tot ze zou sterven. Ze dacht met weemoed terug aan haar uitstapjes. De eenzaamheid van het bos had haar verstikt en tegen

Maya's goede raad in trok ze er zo nu en dan op uit, zelfs buiten
het landgoed. Ze dacht terug aan haar ontmoeting met Aram; een
stoere, bruine hengst, die ze op een verlaten weiland aantrof. In
eerste instantie was ze huiverig op het moment dat hij haar
benaderde. Ze had nog nooit een paard gezien. Haar
nieuwsgierigheid overwon en ze kwam er snel achter dat ze hun
gedachten en gevoelens deelden. Dat moment, in de vroege
ochtend, lag nog vers in haar geheugen, Aram had met zijn hoofd
tegen het hek geduwd, alsof hij wist dat het niet afgesloten was.
Met een vriendelijke knik nodigde hij haar uit op het weiland, waar
ze vreugdevolle momenten beleefden. Verdrietig besefte ze dat ze
hem nooit meer terug zou zien.
Maya was naast haar gaan zitten.
'Arme eenhoorn,' dacht Maya en streek haar over de manen. De
eenhoorn keek de fee met verdrietige ogen aan.
'Het spijt mij, Maya. Ik heb je raad in de wind geslagen en ben
naar een open plek gegaan. Een mensenkind heeft mij daar gezien,
ik kon het niet helpen. Ik huilde met een hart vol eenzaamheid. Nog
nooit eerder heb ik zo gehuild, het was meer een roep. Een roep om
hulp en aandacht. Daarom heb ik het mensenkind niet aan horen
komen,' dacht ze.
Maya dacht: 'Ik kan nog slechts één ding voor je doen.'
Ze verdween als bij toverslag en verscheen weer even snel met een
plant.
'Dit is duizenddroomblad, eenhoorn. Ik zal dit op je wond spreiden.
De wond zal zich sluiten, maar een gat zal zichtbaar blijven. Ook
al zou een mens je zien, de wond zal niet meer open gaan. Je zult
hiermee nog dertig dagen kunnen leven, dan zal ook jouw tijd
afgelopen zijn. Jammer, lieve eenhoorn, ik had je graag die
vijfhonderd jaar die je nog had gegund.'
'Lieve Maya,' dacht de eenhoorn. 'Wat moet ik nu met vijfhonderd
jaar zonder mijn familie, zonder vrolijke zonnestralen, zonder
helder water? Had ik dan nog vijfhonderd jaar in troosteloze
eenzaamheid moeten doorbrengen? Het is goed zo, Maya.'

Esmeralda had moeite de weg naar het ruiterpad terug te vinden. Inmiddels begon het al te schemeren. Ze keek op haar horloge. Al half zes en om zes uur zou de Zadelhoeve gaan sluiten. Ze zou nog net op tijd terug kunnen zijn. De manegehouder zou niet blij zijn.

'Waar heb jij zo lang gezeten?' vroeg hij nijdig, toen ze om tien voor zes aankwam. 'Ik wilde net de politie gaan bellen, omdat ik dacht dat je iets was overkomen.'

'Sorry, verdwaald,' mompelde ze.

Snel zadelde ze het paard af en ruimde de spullen op. Ze wilde zo vlug mogelijk naar huis en Van Dijk bellen. Hij was een druk bezette en zeer vriendelijke, behulpzame veearts. Hij was degene die Arival als veulen had gehaald. Esmeralda was erbij geweest en dat had grote indruk op haar gemaakt.

'Waarom ben je zo laat thuis?' vroeg haar vader. 'De manegehouder had gebeld of je soms met Arival naar huis was gegaan. We maakten ons al ongerust.'

Ze zuchtte diep. Ze had heel wat uit te leggen en deed dit dan ook. Haar vader luisterde aandachtig en zei: 'Dan moet je inderdaad Van Dijk bellen. Doe het meteen.'

Ze kreeg tot haar grote spijt geen gehoor en bleef het om de tien minuten proberen. Haar moeder had gehaktschotel gemaakt. Ze kreeg echt geen hap door haar keel. Telkens moest ze aan het arme, prachtige paard denken.

Eindelijk, pas om tien minuten voor acht, kreeg ze Hans van Dijk aan de lijn. Ze deed haar verhaal.

'Ik heb net een paard met koliek geholpen. Ik wil eerst even een paar papieren doornemen. Daarna rijd ik wel langs de jonkheer om hem hierop te attenderen. Veel meer kan ik op dit moment toch niet doen, want het is donker.'

'Mag ik mee? Please?'

'Dat is niet echt de gewoonte. Goed, je mag hem wel uitleggen wat je op zijn landgoed deed. Ik denk dat ik rond negen uur vertrek. Als je zorgt dat je dan bij mij bent.'

Ze wist niet hoe snel ze haar bord leeg moest eten en zich om moest kleden. Daarna sprong ze op haar fiets en reed naar Hans, een half uur te vroeg.

Diana, de vrouw van Hans, deed open en liet haar binnen. Diana van Dijk was dierenarts en er was een praktijk aan huis. Bij een lekker kopje koffie deed Esmeralda nog een keer haar verhaal.

'Gek, dat het paard zo diep in het bos van het landgoed staat. Ik weet dat de jonkheer een aantal prachtige raspaarden heeft. Daar daar gaat hij zorgvuldig mee om,' zei Diana.

Hans kwam de kamer in en wenkte naar Esmeralda. Ze stapten in de auto en reden naar het landgoed.

Esmeralda keek haar ogen uit toen ze het pad door de hoofdingang opreden en ze het grote landhuis zag. In een hok gromden twee gevaarlijk uitziende honden, Dobermann Pinchers. De deur werd open gedaan door een heuse butler en hij liet het bezoek binnen. Hans van Dijk was ook bij de jonkheer bekend, al had deze een andere veearts. Jonkheer van Desenhouwer Gravedam kwam zijn gasten tegemoet en ze kon een zacht gegiechel nauwelijks onderdrukken. Wat zag deze man er deftig en ouderwets uit.

Hij begon te praten en ze grinnikte zachtjes. Het leek net alsof hij een hete aardappel in zijn mond had. De jonkheer keek haar uit de hoogte aan en ging verder.

'Mijnheer van Dijk. Wat een eer dat u mij een bezoek brengt. U had al telefonisch aangekondigd dat u mij wilde spreken. Komt u mee naar de salon met de jongedame.'

De salon zag er al even tuttig uit. Banken en sofa's met rood pluche, weelderige en fluwelen gordijnen, een marmeren schouw, notenhouten meubels op leeuwenpoten. Opgelaten nam ze plaats op een brede, comfortabele bank. Hans vertelde wat er gebeurd was en de jonkheer trok zijn wenkbrauwen op.

'Ten eerste vraag ik mij af wat de jongedame op mijn landgoed deed. Ten tweede heb ik geen schimmel!'

Op dat moment proestte ze het uit. Hij had geen schimmel. De jonkheer had geen schimmel. Ze wist heus wel wat hij bedoelde, maar hoe het uit zijn mond kwam. Dat vond ze zo komisch.

'Wat is er zo leuk aan mijn opmerking, jongedame?' vroeg de jonkheer op ijskoude toon. 'Ik bezit vier raspaarden. Daar zit geen

23

schimmel tussen. Mijn paarden worden getraind voor concoursen. Ik heb daar eigen trainers en berijders voor. Bovendien, als er zich een schimmel op mijn landgoed had bevonden, dan had ik het vast wel gemerkt. Mijnheer van Dijk, ik denk dat de jongedame het zich heeft verbeeld.'

'Nee, echt niet, heus niet,' zei ze.

Haar vrolijkheid was ineens verdwenen. Dacht de jonkheer werkelijk dat ze het gefantaseerd had? Hans van Dijk keek haar met scherpe blik aan en ze voelde zich rood worden. Dacht Hans ook dat ze het fantaseerde?

'Echt waar niet!' zei ze.

'Nou, mocht u nog iets merken op uw landgoed, dan weet u me te vinden,' zei Hans, terwijl hij opstond. 'Kom, Esmeralda. We gaan weer.'

'Ik heb het echt gezien, Hans,' zei ze in de auto.

'Ja, meisje. Ik wil je best geloven. Ik kan echter niets doen als ik het dier zelf niet onder ogen heb gezien.'

'Ga dan morgen met me mee, dan zoeken we hem op.'

'Dan kan niet, daarvoor moet ik toestemming hebben van de jonkheer. Je merkte zelf wel dat hij afstandelijk was en het niet geloofde, dus die toestemming krijg ik niet.'

'Hij hoeft het toch niet te merken. Toe, Hans. Ik weet zeker dat ik het dier gewond was. Straks sterft het. Dat wil je toch niet?'

'Hoe komt zo'n paard dan op het landgoed en waarom weet die jonkheer daar niets van? Ik heb in elk geval niets gehoord van een ontsnapt paard in de omgeving.'

'Toe nou?'

Hans zuchtte diep en zei: 'Ik sta wel mooi voor joker als we betrapt worden. Dat kan ook nog heel schadelijk zijn voor mijn carrière. Lees je het al in de plaatselijke krant: "Veearts betrapt bij betreden van privé-eigendom op zoek naar een mysterieuze, gewonde schimmel"? Ik moet natuurlijk wel geloofwaardig blijven. Goed, ik zal erover nadenken. Ik beloof niets. Ik bel je wel.'

Hoofdstuk 3

De volgende dag wachtte Esmeralda in spanning af.
'Wat loop je toch irritant te ijsberen,' merkte haar moeder op. 'Ik kan me wel voorstellen dat Van Dijk hier geen zin in heeft. Eigenlijk is het ook een beetje belachelijk.'
'Het is niet belachelijk, mam. Ik heb dat arme dier echt gezien. Als we het niet helpen, gaat het mogelijk dood.'
'Dat is nu eenmaal de natuur, Es. Daar kun je niets aan doen.'
Om drie uur belde Esmeralda Hans zelf. Helaas kreeg ze een antwoordapparaat. Ze sprak in.
Om vier uur stond Bianca op de stoep om naar de Zadelhoeve te gaan. Esmeralda had eigenlijk geen zin, maar ging toch. Onderweg vertelde ze de gebeurtenis in geuren en kleuren.
'Nou, ik twijfel er aan, hoor. Even iets anders, heb jij mijn ketting gezien, die ik van Menno heb gekregen? Hij is zoek.'
'Nee! Bah, het enige waar jij aan denkt is Menno. Ik heb het wel over een zwaar gewond paard, hoor.'
'Weet je dat wel zeker, Es? Zo'n dier zou toch allang ontdekt moeten zijn?'
Nu kregen de vriendinnen ruzie. Bianca geloofde haar vriendin niet. Het welles en nietes ging over en weer en tegen de tijd dat ze de Zadelhoeve bereikten, was het gekibbel hoog opgelopen.
'Weet je wat je doet, Es. Je bekijkt het maar. Ik spreek je wel weer eens als je normaal kan denken,' zei Bianca.
Zo ging ieder haar eigen weg. Terwijl Esmeralda haar paard zadelde, zag ze dat Gerda haar observeerde. Gerda hielp na schooltijd en in de weekenden op de Zadelhoeve, om haar paard te kunnen bekostigen. Haar ouders hadden het wat minder breed en net zoals de anderen was ze een echte paardengek. Alleen vond iedereen haar wat sloom en ze had ook geen vriendinnen.
'Heb je ruzie?' vroeg ze.
'Nee!' zei Esmeralda kortaf. Ze had helemaal geen zin om met slome Gerda te praten. Ze stapte op Arival en reed weg. Ze zag Bianca wegrijden, die de route langs de weg nam. Ze volgde in

sombere stemming haar vertrouwde weg.

Ze vond het spijtig dat ze bonje had met haar beste vriendin. Aan de andere kant kon ze het niet uitstaan dat uitgerekend Bianca haar niet wilde geloven. Ze had het toch zeker met eigen ogen gezien. Goed, een gewonde schimmel waar niemand wat van af wist. Het klonk ongeloofwaardig, maar het was toch echt zo. Of toch niet? Even begon ze aan zichzelf te twijfelen. Ze naderde het "verboden toegang" bord en maande Arival tot stoppen. Ze luisterde vol aandacht, minutenlang. Ze hoorde niets. Even dacht ze erover om door te gaan. Toch besloot ze het niet te doen. Ze kon het dier nu toch niet helpen. Ze moest wachten tot Hans zin en tijd had. Tegen die tijd zou het arme paard waarschijnlijk al dood zijn. Ze zuchtte diep en keerde terug.

Het was nog vroeg. Ze had geen zin meer om te rijden en bracht Arival terug.

Ze was amper thuis of de telefoon ging. Snel rende ze ernaar toe en pakte de hoorn op. Het was Hans.

'Hoi, Esmeralda. Ik heb erover nagedacht en wil toch samen met jou een kijkje nemen. We gaan met de fiets, dus kom naar me toe.'

Haar hart sprong op van vreugde. Wat was het toch een schat, die Hans. Ze had haar jas nog aan, groette haar moeder en reed snel naar Hans. Hans stond al op haar te wachten.

'Kom, ik heb niet veel tijd.'

Onderweg vertelde hij uitgebreid over zijn werk. Ze bereikten het verboden terrein.

'Ik lijk wel gek. Hopelijk worden we niet betrapt,' zei Hans.

De weg was hobbelig en het was lastig om te fietsen. Uiteindelijk bereikten ze de open plek. Esmeralda kon zich het moment dat ze het paard zag haarscherp voor haar geest halen.

'Daar stond het,' zei ze.

'Ja, stond. Nu niet meer. Het vluchtte toch weg, volgens jou? Het kan overal zijn.'

'Het dier is gewond, dus misschien ligt het ergens verderop. Laten we gaan zoeken.'

Hans keek bedrukt. Ze hadden hun fiets tegen een boom gezet en gingen te voet verder het bos in.

Nergens was een wit paard te bekennen. Hans zocht naar sporen. Ook die waren niet te vinden. Het had flink geregend en de sneeuw was inmiddels gesmolten.

Hij keek op zijn horloge en zei: 'Sorry, ik moet terug. Misschien is het dier niet zo zwaar gewond. Mogelijk is het toevallig op het landgoed terecht gekomen. Ik zal eens navragen tijdens mijn werkzaamheden of iemand een probleem heeft met een schimmel. Dat is het enige dat ik voor je kan doen.'

Esmeralda keek teleurgesteld. Ze wist dat er niets aan te doen was.

Die avond stuurde ze een mailtje naar Bianca met excuses voor de ruzie. Er moest toch iemand zijn die het goed maakte? Ze had immers geen bewijs dat ze het paard echt had gezien. Alleen Hans wilde haar geloven. Ze kon niet verwachten dat iedereen haar verhaal serieus nam.

Ze voelde zich erg onrustig. Ze probeerde wat te tekenen, Dat lukte niet. Daarna wilde ze wat gaan lezen. Ze kon zich helemaal niet concentreren.

Ze zocht de dinosite weer op en bekeek het plaatje van de triceratops. Nee, de hoorns van de dino waren iets krom. De hoorn die zij bezat was kaarsrecht, meer zoals de slagtand van een narwal.

Ze keek in haar mailbox en vond daar een mail van Bianca. Vol verwachting opende ze het en kreeg meteen een koude douche.

"Ik heb geen zin meer in jou!" was het korte antwoord.

Er zat nog wat mail in de box, veel spam. Er was één mailtje dat haar nieuwsgierigheid wekte. Het was verzonden door Gerda. Ze opende de mail.

"Hoi, Esmeralda. Ik heb je mailadres even opgezocht in het administratiekantoor van de manege. Ik mocht iets kopiëren en Femke was even koffie aan het halen, dus vandaar. Heb je zin om morgen met mij te rijden? Ik hoor wel van je."

De brutaliteit. Even stiekem in de administratiegegevens kijken, zodra Femke, de administratief medewerkster, de hielen had gelicht. Esmeralda zuchtte diep. Ze begon na te denken. Nu ze ruzie had met Bianca, zou de vakantie wel eens saai kunnen worden. Het zinde haar eigenlijk niet om nu met die slome Gerda op te trekken. Hoewel, ze kende Gerda eigenlijk niet eens. Dus hoe kon ze weten dat Gerda echt zo sloom was. Misschien was het wel een leuke meid. Wellicht kon ze wel met haar lachen. Bovendien zou ze zo aan Bianca kunnen laten zien, dat ze zich er niets van aantrok. Ja, ze zou met Gerda optrekken.

"Goed, Gerda. Tot morgen," mailde ze terug.

Het was alweer tijd om naar bed te gaan. Na een verfrissende douche kroop ze tussen de lakens. Een zoete geur kringelde in haar neusgaten. Ze rook aan haar huid, waar ze bodymilk op had gesmeerd. Dat was het dus niet. De geur leek meer op wierook, maar toch anders. Ze richtte zich op en knipte de lamp aan. Ze snoof de geur op en merkte dat het van de plank boven haar bed vandaan kwam. Gek, ze had toch geen wierook aangestoken? Of zou haar moeder...? De geur kwam duidelijk uit de hoorn.

Ze pakte de hoorn en keek erin, waardoor ze de geur nog scherper rook. Ze dacht dat zich er een verpulverd wierookstokje in bevond en schudde de hoorn leeg op haar hand. Er viel inderdaad een poeder op haar hand. Het was niet het soort poeder dat ze verwachtte; bruin of groen van kleur. Nee, dit leek op heel fijn zand. Het was zilverkleurig en het schitterde.

'Raar,' zei ze.

Ze rook er aan en inderdaad, het droeg die indringende, onbestemde geur. Ze stapte uit haar bed, pakte een papiertje en strooide het poeder erop. Daarna probeerde ze de slaap weer te vatten. Ze had het licht uitgeknipt en keek naar haar bureautje. Donkere contouren met een vreemd lichtschijnsel op het blad. Ze dacht het even niet goed te zien. Wat was dit voor licht? Ze stapte weer uit bed en liep voorzichtig naar het bureau. Daar lag het papier met het poeder. Het was het poeder dat een zwak licht liet schijnen.

'Wat is dat? Straks is het radioactief,' dacht ze geschrokken. Ze strooide het goedje meteen in de prullenbak en propte het papier erachter aan.

Na dit voorval kon ze de slaap helemaal niet meer vatten. Wat was er toch zo vreemd aan die hoorn? Waarom was ze zo geobsedeerd door het gekke ding? De laatste dagen leek uit niets anders te bestaan dan de hoorn en een gewond paard.

Ze besloot er niet meer aan te denken en haar gewone leven weer op te pakken. Tenslotte begon op tien januari de school al weer en ze wilde nog wat leuks maken van haar vakantiedagen. Haar moeder was de volgende ochtend al druk bezig met oliebollen bakken. Wel andere dan andere oliebollen, zoals gewoonlijk. Dit keer waren ze gevuld met gedroogde zuidvruchten en noten. Nou, beter dan met kaas, ham, paprika en olijven, zoals het jaar daarvoor. Italiaanse oliebollen moesten dat voorstellen. Erg smakelijk waren ze niet geweest en er bleven nog heleboel oliebollen over. Haar moeder vroor ze allemaal in. Esmeralda had er elke dag eentje in haar lunchtrommeltje gevonden, twee weken lang. Die koude oliebollen waren al helemaal niet te eten. Haar moeder had erop gestaan dan ze opgegeten werden. Weggooien vond ze zonde. Dus had Esmeralda de oliebollen onderweg van school naar huis aan de eendjes gevoerd. Emeralda begon te gniffelen toen ze daaraan terugdacht.

'Heb je binnenpretjes? Ga je trouwens vanavond nog weg, Es?' vroeg haar moeder.

'Mag ik naar de disco?' vroeg Esmeralda verbaasd. Ze mocht vrijdagavond nooit naar de disco.

'Dat bedoel ik niet, Es. Dat weet je best. Ik wil weten of je thuis blijft of dat je met Bianca hebt afgesproken om oud en nieuw bij haar thuis te vieren. Net als vorig jaar. Bianca mag natuurlijk ook hier komen.'

'Nee, mam, geen zin. Misschien blijf ik wel thuis dit keer. Ik weet het nog niet.'

Om drie uur vertrok ze weer naar de Zadelhoeve, dit keer met tegenzin. Het zat haar helemaal niet lekker dat ze ruzie met Bianca had.

Gerda kwam meteen naar haar toe.

'Fijn, Es, dat je met me op wilt trekken. Ik heb niet veel vriendinnen, zie je.'

'Ho ho, sorry Gerda. Es wordt ik alleen genoemd door mensen die ik heel goed ken. Dus noem jij me Esmeralda. Ik weet nog niet of wij wel vriendinnen kunnen worden, hoor.'

'O, je wilt toch wel een stukje met me meerijden?'

'Ja, dat is goed, hoor.'

Ze zag Bianca naar de boxen lopen. Haar boze vriendin deed net of ze niets zag. Jammer, want ze hoopte dat Bianca jaloers zou worden en het goed zou maken.

De twee meisjes reden een stukje, nu langs de weg. Gerda kwebbelde aan een stuk door. Ze hield van paarden en lezen. Ze zat op de VWO en wilde biologie studeren aan de universiteit. Ze ging nooit naar de disco. Haar ouders hadden het niet zo breed, dus daarom werkte zij op de Zadelhoeve in de schoolvakanties en na schooltijd. Zo kon ze toch paard rijden.

Esmeralda begon te gapen. Gerda was echt saai, geen wonder dat ze geen vriendinnen had.

'Vanavond vieren we oud en nieuw. Zin om bij ons langs te komen? Als het mag van mijn ouders,' vroeg Gerda.

'Ik weet het niet. Wat doen jullie dan?'

'Wij spelen altijd spelletjes en eten oliebollen en appelflappen.'

'Is dat alles? Niet meer? Geen vuurwerk? Geen champagne? Geen lekkere hapjes?'

'Neuh!'

'Nou, dan blijf ik liever thuis.'

'O, nou, dan kom ik wel bij jou langs. Als het tenminste mag van mijn ouders.'

Esmeralda trok een scheve lip en dacht na. Ze had er niet zoveel zin in. Ze wilde Gerda ook niet kwetsen.

'Nou, als het mag ben je welkom,' hoorde ze zichzelf zeggen. Stilletjes hoopte ze dat Gerda niet mocht.

Thuis wachtte haar een grote verrassing. Haar vader had samen met een kennis een staldeur in de deuropening van haar kamer gezet. Esmeralda keek haar ogen uit.

'O, wat cool, papa,' riep ze blij.

'Ja, ik heb vandaag vrij genomen, om het in orde te maken. Van uitstel komt anders afstel.'

'Geweldig. Wil je die fietsbel nog weghalen, pap?'
'Ja, die staat er niet echt bij, hè? Nou, ik zal hem er zo afhalen en dan zet ik hem wel op je fiets. Die ouwe bel moet toch vervangen worden.'
'Toe, pap. Dat kan later wel. Leg hem naar gewoon op mijn bureau.'
Ze had helemaal geen zin in een knalroze bel op haar fiets. Ze zou er waarschijnlijk mee gepest worden op school.
Terwijl haar vader bezig was, besloot ze haar moeder te helpen met het maken van de salade. Dat was altijd wel een leuk karweitje, want als hulpkokkin mocht ze proeven. Lekker, garnaaltjes, gerookte zalm en haring. De bel ging.
'Laat maar, mam, ik ga wel.'
Door het gordijn voor de glazen voordeur zag ze de vage contouren van de bezoeker. Even dacht ze dat het Bianca was, die het goed kwam maken. Groot was haar teleurstelling toen ze zag dat het Gerda was.
'Hai, Es. Ik mocht van mijn ouders. Tot elf uur.'
'We moeten nog wel eten.'
'O, dat geeft niets. Ik heb nog niet gegeten, dus ik eet wel een hapje mee.'
Haar moeder kwam uit de keuken en vroeg: 'Hé, heb je een nieuwe vriendin, Es? Je had me niet verteld dat je haar had uitgenodigd.'
'Sorry, mam. Vergeten. Nu heb je natuurlijk niet genoeg te eten voor Gerda.'
'Natuurlijk wel. Ik heb altijd genoeg in voorraad. Welkom, Gerda. Heb je Bianca ook uitgenodigd?'
Voordat Esmeralda kon antwoorden, flapte Gerda eruit: 'Nee, Bianca is haar vriendin niet meer. Nu ben ik haar vriendin.'
'O, is dat zo? Ik dacht dat jullie zulke goede vriendinnen waren, Es?' vroeg haar moeder.
Esmeralda wist zich geen houding te geven. Gerda was brutaal en opdringerig. Ze baalde ervan en hoopte dat de avond snel voorbij zou gaan.
Ze gaf haar moeder een snauw. 'Niet dus,' en liep naar de keuken, waar ze twee glazen cola in schonk. Het zou een saaie avond

worden.

Gerda wilde graag spelletjes spelen en haar moeder was nog zo dom ook om allemaal spelletjes uit de kast te halen. Mens-erger-je-niet, scrabble en o, erg, ganzenbord.

Esmeralda was halverwege de avond naar haar kamertje gegaan en was achter de computer gekropen. Ze overwoog om een mailtje naar Bianca te sturen. Met een smeekbede of ze het alsjeblieft weer goed wilde maken. Telkens typte ze een paar woorden en wiste het weer. Ze had de moed niet.

Ze hoorde haar moeder roepen en typte snel een tekstje:

"Lieve Bianca. Het spijt me zo vreselijk. Ik weet dat ik me heb aangesteld. Waarschijnlijk heb ik het verkeerd gezien. Je hebt helemaal gelijk. Ik heb een goed voornemen voor het nieuwe jaar. Ik zal nooit meer zo dom doen. Kan jouw goede voornemen niet zijn dat je me het vergeeft? Please?"

Ze klikte op verzenden en zuchtte diep. Omwille van de vriendschap moest ze iets toegeven. Eigenlijk wilde ze dat niet. Ze wist toch wel zeker dat ze het paard had gezien. Kon ze maar bewijzen dat er op het landgoed echt een schimmel rond liep of al dood was.

'Es, waar blijf je nou? Doe niet zo ongezellig,' hoorde ze haar moeder roepen.

Ze sloot de computer af en ging met een verveeld gevoel terug naar de huiskamer. Ze was dolblij dat de klok elf uur sloeg, want nu moest Gerda naar huis.

'Ik zie je maandag wel op de Zadelhoeve, toch?' vroeg Gerda.

'Ja, misschien. Ik zie wel,' antwoordde Esmeralda kortaf.

Heeft ze het allemaal niet door, of zo? Dat opdringerige, dat plakkerige. Ik weet het allemaal niet met haar,' dacht ze.

Hoofdstuk 4

Nieuwjaarsdag. Een nieuw begin.

'Goedemorgen, Es,' zei haar moeder vrolijk met een ontbijtblad in haar handen.

'Ha, mam, is dat je goede voornemen? Mij elke dag ontbijt brengen?' vroeg Esmeralda.

'Nee, alleen vandaag,' zei haar moeder en trok haar neus op.

'Es, heb je wierook aangestoken?'

Nu rook Esmeralda het weer, heel lichtjes.

'Alweer?!'

Ze pakte de hoorn en vroeg om een kladblaadje. Haar moeder gaf haar licht verbaasd een velletje papier en Esmeralda begon de hoorn driftig te schudden.

'Kijk mam, dit komt uit die hoorn. Die geur ook, trouwens.'

'O, wat leuk. Waar koop je die zilverkleurige wierook? Leuk idee van je om wierook in de hoorn te branden.'

'Nee, mam! Dat doe ik niet, dat komt vanzelf uit die hoorn.'

'Ha ha, grappenmaakster. Nou, eet snel je ontbijt op, dan gaan we om tien uur weg voor een rondje familie.'

Bah, familie. Ieder jaar hetzelfde. Eerst naar de ouders van haar moeder, opa en oma in Coevorden, dan naar de moeder van haar vader, oma in Baarn en tenslotte naar tante An, de zuster van haar moeder, in Utrecht. De volgende dag naar de twee broers van haar vader, die beiden in Alkmaar woonden.

Na een uiterst saaie moetdag viel Esmeralda moe op haar bed. Niet voor lang. Ze nam een douche en keek daarna in haar mailbox. Geen bericht van Bianca. Ze probeerde het nog een keer.

"Lieve Bianca. De beste wensen voor het nieuwe jaar. Toch, mijn beste wens is dat onze vriendschap weer zal bestaan. Ik ga vanavond naar de disco en ik hoop je daar te zien."

In "Het Stappertje" was er altijd een nieuwjaarsfeest. Het "Happy New Year" van ABBA en de rauwe muziek van U2's "New Years Day" werden elk jaar tot vervelens toe gedraaid. Er werden gratis hapjes uitgedeeld. Altijd druk, altijd gezellig. Esmeralda speurde de drukte af op zoek naar Bianca. Ze was er niet. Het werd tien uur. Geen Bianca. Elf uur. Geen Bianca. Ze kreeg wel aanspraak van enkele klasgenoten. Die vroegen ook al naar Bianca. Ze wilde niet kwijt dat ze ruzie had met haar vriendin, dus ze zei dat Bianca hoofdpijn had. Om half twaalf ging ze naar huis. Een slecht begin van een nieuw jaar. Dat beloofde wat.

De zondag was net zo saai. De ochtend en middag op familiebezoek in Alkmaar. Er moest ook nog wat huiswerk worden gedaan. Nog steeds was er geen mail van Bianca.

'Goed,' zei Esmeralda hardop, terwijl ze op bed lag te peinzen. 'Als ze niet meer wil, dan niet. Dan probeer ik het wel met die Gerda. Die zal toch een beetje leuk zijn. Laat ik beginnen met Gerda een leuk cadeautje te geven, gna gna.'

Ze pakte de roze fietsbel, die haar vader op haar bureau had gelegd en een stukje inpakpapier. Ze gniffelde bij de gedachte hoe Gerda daarop zou reageren. Ze zou er op staan dat Gerda hem op haar fiets zou zetten. Eigenlijk wel gemeen van haar. Ze kon het echter niet laten.

Al mijmerend in haar bed, viel ze langzaam in een diepe slaap.

De volgende dag sliep ze lang uit. Pas tegen de middag vertrok ze naar de Zadelhoeve.

Gerda stond al met smart op haar te wachten en was verbaasd dat ze een pakje kreeg. Met een verheugd gezicht opende ze het. Dat betrok meteen.

'O!'

'Je moet hem natuurlijk wel meteen op je fiets doen. Hartstikke cool, zo'n bel.'

'Is dat zo? Ik ken niemand met een dergelijke bel.'

'Dat komt omdat ze vreselijk duur zijn.'

'Dan kan ik dat toch niet van je aannemen?'

'Natuurlijk wel, Gerda. Graag gedaan, hoor.'

Gerda keek vertwijfeld en stopte de bel in haar tas. Esmeralda wist zeker dat ze een hoop lol zou hebben als ze Gerda met die roze bel zag rijden. Bianca was niet op de Zadelhoeve. Aan de ene kant was Esmeralda opgelucht, aan de andere kant vond ze het jammer. Want nu wilde ze Bianca negeren.

'Wat zij kan, kan ik nog beter,' dacht ze.

De meisjes zadelden de paarden en reden door het bos. Esmeralda vertelde over haar ontmoeting met de schimmel.

'Ik zou toch weer eens een kijkje willen nemen. Durf je dat, Gerda?' vroeg ze.

'Eh, ja, eh, het is verboden om daar te komen,' antwoordde Gerda weifelend.

'Niemand die ons ziet. Stel je voor dat we het paard daar weer zien. Dan is er tenminste iemand bij mij die het ook heeft gezien.'

'Nou, goed dan.'

Er was inderdaad niemand te zien. Het landhuis lag verderop. Ze reden naar de open plek. Ze hoorden geen fluittoon. Ze stapten van de paarden en keken rond.

'Niets,' zei Gerda.

'Ik denk toch dat het paard verderop in het bos is,' zei Esmeralda.

'We moeten dus nog verder kijken.'

'Stel je voor dat we verdwalen,' zei Gerda angstig om zich heenkijkend.

'Natuurlijk niet. Kom mee. Dan gaan we kijken.'

Met de paarden aan de teugels liepen ze verder het bos in. Esmeralda was er al geweest met Hans en nu was ze van plan om verder te lopen.

'Wacht,' zei Gerda. 'Ik hoor iets.'

Esmeralda stopte en luisterde goed. Ja, het klopte. Ze hoorden hoefgetrappel. Achter zich, niet voor zich.

Door de bomen konden ze de open plek zien en zagen een man op een paard.

'Sjips, dat is iemand van het landgoed,' zei Esmeralda. 'Verstop je!'

De man keek naar de grond, op zoek naar sporen. Die waren er duidelijk. Hij volgde de sporen, terwijl de twee meisjes zich achter de bomen hadden verstopt.

De man bereikte het stuk bos en riep: 'Kom te voorschijn. Ik weet dat jullie hier zijn. Moet ik de politie erbij halen?'

Esmeralda hield haar adem in. Arival snoof en ze deed haar vinger voor haar lippen en siste: 'sssttt.'

'Komt er nog iets van! Ik haal de politie erbij, hoor!'

'Nee, geen politie,' riep Gerda en kwam achter de boom tevoorschijn.

'Stomme tut,' mompelde Esmeralda.

'Aha!' zei de man.

Hij stapte van zijn paard. Esmeralda kwam ook achter de boom vandaan. Het had toch geen zin meer om zich te verschuilen.

'Wat doen jullie hier? Het is verboden om hier te komen, dames. Dit is privéterrein. Jullie gaan me toch niet vertellen dat jullie het bordje niet hebben gezien. Mijnheer van Desenhouwer Gravedam zal hier niet blij mee zijn,' zei de man met een strenge blik in zijn ogen.

'We doen toch niets verkeerds,' zei Esmeralda.

'Jullie mogen hier gewoon niet komen. Punt uit. Ik heb de jonkheer al vaker geadviseerd een omheining rond zijn landgoed te laten plaatsen. Hij wil dat niet. Ik zal jullie nu naar de uitgang begeleiden.'

Esmeralda zuchtte diep. Weer niet gelukt. Als ze dat dier had kunnen vinden, kon ze hem laten zien. Dan wist iedereen, ook Bianca en de jonkheer, dat ze de waarheid had gesproken.

Gerda kroop op haar paard en keek beschaamd naar de grond. Esmeralda niet, ze volgde de man met een boze blik.

Bij de uitgang zei de man: 'Als ik jullie de volgende keer weer aantref, dan laat ik de honden los!'

Hij bleef de meisjes nakijken totdat ze uit zijn gezichtsveld waren verdwenen.

'Puf,' zuchtte Gerda, 'dat was op het nippertje. Dat doe ik nooit meer, zeg.'

'Wat nou? We mogen er niet komen. Dat is ons duidelijk gezegd. Er is toch niets aan de hand?'

'Niets aan de hand? Hij wilde de politie bellen. Stel je voor dat mijn ouders erachter komen. Dan mag ik nooit meer paardrijden. Ga jij dan nog een keer dat landgoed op?'

Esmeralda dacht een tijdje na en zei: 'Ja, ik denk het wel. Ik wil het

paard vinden, dat ik heb gezien. Het moet toch ergens zijn.'
'Weet je zeker dat het paard bestaat?'
'Begin jij nu ook al? Natuurlijk weet ik het zeker. Ik heb dat paard gezien. Ik kan het alleen niet bewijzen. Daarom ga ik toch weer een kijkje nemen. Over een week of zo.'
'Dan stuurt die man de honden op je af, Es. Hij leek het te menen. Als je maar weet dat ik niet met je meega.'
'Dat hoeft niet,' zei Esmeralda bot.
Wat een toestand. Esmeralda was geobsedeerd door het witte paard. Ze wilde het eigenlijk achter zich laten en overgaan tot de orde van de dag. Ze kon het dier niet uit haar hoofd zetten. Bovendien wilde ze bewijzen, aan Bianca vooral, dat het paard echt bestond. Ze kon Bianca ook niet uit haar hoofd zetten. Toch wilde zich niet laten kennen.
De middagen in de rest van de vakantie ging ze naar de Zadelhoeve, waar ze samen met Gerda ging rijden. Dit keer niet door het bos. Gerda weigerde beslist om het bospad te nemen. Ook voor Esmeralda leek het verstandig om het bospad even te vermijden. Ze zou de neiging niet kunnen onderdrukken om toch het landgoed op te gaan, alsof ze ernaar toe werd gezogen. Dan zou Gerda haar mondje wel eens voorbij kunnen praten. Zo nu en dan zag ze Bianca op de manege. Bianca deed net of ze lucht was en dat deed haar pijn.
De school begon weer. Bianca negeerde haar nog steeds en trok met andere meiden op. Welnu, dat hoefde zij zich ook niet schuldig te voelen nu ze met Gerda optrok. In de loop van de week zocht ze op school ook andere contacten en negeerde Bianca. Bianca scheen veel pret te hebben met haar nieuwe vriendinnen. Het was net of hun vriendschap nooit had bestaan.
Op donderdagavond had ze afgesproken met twee meisjes uit haar klas om samen huiswerk te gaan maken. Renate en Sylvia kwamen om zeven uur en ze trokken zich terug in Esmeralda's kamer. Ze bewonderden alle paardenposters, tot hun blik op de hoorn viel. De hoorn gaf nog regelmatig een geur af. Esmeralda had het kussentje weggehaald en had de hoorn neergezet. Dat was beter, omdat de

hoorn steeds weer anders op het kussen lag.

Renate nam hem in haar hand en zei: 'Volgens mij is dit een hele oude hoorn.'

'Het is waarschijnlijk de slagtand van een narwal,' zei Esmeralda.

'Een nar wie?' vroeg Renate.

'Een narwal, een soort walvis. De mannetjes hebben zo'n geval op hun snoet.'

'Grappig ding,' zei Renate en zette hem terug.

Het was negen uur, toen de deurbel ging en even later kwam Gerda naar boven. Dat was niet afgesproken en Esmeralda trok een pruilende lip.

'Sorry, hoor. Gerda. Ik wil huiswerk maken met deze twee meiden,' zei ze.

'O, geeft niet, hoor. Ik vermaak me wel. Ik kan toch een boekje lezen of zo,' zei Gerda schouderophalend.

Net wilde ze zeggen dat Gerda gewoon niet welkom was, toen de hoorn viel, van het bed afrolde en met een smak op de grond terecht kwam. Ze schrok. Gelukkig was hij nog heel. Ze keek boos naar Renate, die zich verontschuldigde: 'Sorry. Ik dacht dat ik hem goed had neergezet. Hij is toch niet kapot?'

'Nee, gelukkig niet. Blijven jullie er lekker vanaf,' zei Esmeralda boos, terwijl ze hem terugzette.

De meiden schoven aan rondom het gezellige zithoekje, behalve Gerda. Zij had een paardenboek gepakt en zat op bed te lezen.

'Ach, laat ook maar,' dacht Esmeralda en richtte zich op de andere meisjes.

Hoofdstuk 5

De meiden bleven tot half elf. Gerda ging tegelijkertijd met hen weg. Ze had de hele avond in boeken zitten bladeren en geen woord gezegd. De anderen hadden gezellig gebabbeld en tussendoor een paar moeilijke huiswerkopdrachten gemaakt. Geschiedenis en Nederlands. Opgelucht ging Esmeralda naar bed, na de boeken te hebben opgeruimd. Ze zag op tegen het weekeinde en had eigenlijk geen zin meer om met Gerda op te trekken.

De vrijdag verliep zoals gewoon. Bianca negeerde haar nog altijd en trok met haar nieuwe vriendinnen op. Esmeralda vermaakte zich in de pauze met Renate en Sylvia. Na schooltijd ging ze naar de Zadelhoeve, waar ze - toch weer - met Gerda optrok. In de loop van de week zou Gerda een paar middagen thuis blijven vanwege huiswerkachterstand. Gerda wilde natuurlijk ook in het weekend langskomen. Esmeralda zei dat ze het in het weekend verschrikkelijk druk had met huiswerk en ze beslist geen tijd voor Gerda had.

'O,' zei Gerda, aanvankelijk teleurgesteld. Vervolgens begon ze te glimlachen en zei: 'Dan kan ik in het weekend mijn huiswerkachterstand inwerken en ben ik er de volgende week toch.' Meteen betrok had gezicht weer. 'Of, nee, ik heb teveel achterstand. Mijn ouders hebben een vriend gevraagd, een leerkracht, om na schooltijd te komen helpen. Bah, ik kom er niet onderuit.'

'Het is voor je eigen bestwil, Gerda,' zei Esmeralda wijs.

Esmeralda verheugde zich er al op. Eindelijk, een paar middagjes geen Gerda op de Zadelhoeve.

Vrolijk kwam ze thuis en wierp haar spullen in de hal.

'Es?' vroeg haar moeder. 'Wat heb je met de hoorn gedaan?'

'Hoorn? Niets. Hoezo?'

'Ik heb je bed opgemaakt en ik zag hem nergens meer. Hij stond toch op de plank boven je bed?'

'Misschien weer gevallen,' zei Esmeralda en dacht er verder niet meer aan.

Pas toen ze naar bed ging en de hoorn niet zag, begon ze hem te zoeken. Naast het bed en onder het bed. Er was niets te vinden. De hoorn was zoek.

'Hoe kan dat nou?' vroeg ze zich af. De hoorn had toch zeker geen pootjes gekregen. Goed, het was een vreemd ding en hij leek soms wel uit zichzelf te bewegen. Nu was hij echt weg. Ze zocht op haar bureau, in de lades, achter de stoelen bij het zithoekje, in haar kledingkast. Steeds minder kon ze uitstaan dat de hoorn zoek was. Ze zocht tussen de vuile was en tussen de lakens van haar bed. Nergens was de hoorn te vinden. Ze dacht terug aan de vorige avond. Hij zou toch niet gestolen zijn? Die Gerda. Die zat de hele avond op bed. Zou Gerda hem hebben meegenomen? Of? Renate had hem beet gepakt en er belangstelling voor getoond. Ook Sylvia vond het een bijzonder ding. In ieder geval kon de hoorn niet zomaar verdwijnen. Of toch?

De hele nacht bleef ze piekeren. In gedachten zocht ze alle plekken in het huis af. Wie weet stond of lag hij toch ergens anders. Tegen de ochtend viel ze eindelijk in slaap. Om elf uur werd ze pas wakker. Ze kleedde zich aan en smeerde een paar boterhammen. Daarna ging ze zoeken. Overal, onder de bank in de woonkamer, in de vuilnisbak, in de tuin.

'Wat ben je toch aan het doen?' vroeg haar moeder.

Ze was net thuis gekomen met een paar boodschappen en keek verbaasd naar haar dochter. Esmeralda doorzocht net een lade met rommeltjes.

'Mam, de hoorn is weg,' zei ze.

Ze vertelde alles aan haar moeder. Dat de hoorn uit zichzelf leek te bewegen en dat hij nu kwijt was.

'Heeft één van die meisjes hem niet meegenomen, Es?' vroeg haar moeder.

'Ja, mam. Daar heb ik ook aan zitten denken. Ik weet met geen mogelijkheid wie dat gedaan zou kunnen hebben.'

'Probeer daar dan eens achter te komen. Het is zonde, want die hoorn heeft een klein vermogen gekost. Ga eens op bezoek bij die meiden en kijk goed rond.'

'Hoe duur was die hoorn eigenlijk, mam?'

'Dat ga ik je niet zeggen, Es. In ieder geval duur! Ga jij er nu achteraan.'

Esmeralda knikte. Ze ging het eerst naar Renate, met een zogenaamde vraag over haar huiswerk. Renate had niet veel tijd, want ze zou die middag naar haar tante gaan. Renate nodigde haar uit op haar kamertje en Esmeralda zag geen hoorn. Ze kon zich ook niet voorstellen dat Renate de hoorn mee zou nemen. Renate's kamer was vrolijk rood en geel en de hoorn zou daar beslist misstaan. Toch, mogelijk had Renate de hoorn wel aan haar ouders gegeven? Bij het weggaan kon ze een glimp van de woonkamer zien. Ze zag geen hoorn.

Ze fietste naar Sylvia en was beschaamd dat ze iedereen als verdachte moest zien. Stel je voor dat ze aangifte moest doen met deze drie meisjes als verdachte. Het zou haar de nieuwe vriendschappen gaan kosten.

Sylvia was niet thuis. Esmeralda gluurde door het raam naar binnen en zag een verlaten moderne huiskamer. Geen hoorn te bekennen.

Daarna fietste ze door naar Gerda. Gerda's moeder deed open.

'Kom je voor Gerda?' vroeg de moeder hooghartig. 'Ze mag geen bezoek ontvangen. Gerda moet eerst haar huiswerk helemaal afmaken.'

'Mevrouw, ik blijf heel even,' probeerde ze op bijna smekende toon.

'Nee. Geen sprake van!' zei de moeder en ze deed de deur dicht.

'Hum, je zult zo'n moeder hebben,' dacht Esmeralda.

Ze deed haar verhaal bij haar moeder en die was van mening dat ze aangifte moest doen. Ze twijfelde of ze dit wel verstandig was.

De volgende dag ging ze weer langs Sylvia. Niemand was thuis. Ze belde Gerda. Haar moeder nam op. Ze kreeg Gerda niet eens te spreken.

Die maandag op school stapte ze meteen op Sylvia af en vroeg haar naar de hoorn. Dat had ze beter niet kunnen doen.

Sylvia keek haar boos aan en vroeg: 'Denk je nu echt dat ik dat ding heb gepikt? Wat denk je wel van mij, zeg!'

Met opgeheven hoofd liep ze naar Renate. Renate hoorde het aan en liep verontwaardigd naar Esmeralda.

'Dus daarom kwam je zaterdag langs. Ik vond het al zo gek, want we hadden vrijdag al alles doorgenomen. Met een smoes kwam jij even kijken of ik de dief was van dat stomme ding. Nou, leuke meid ben je. Geen wonder dat Bianca niets met je maken wil hebben!'

De tranen sprongen Esmeralda in de ogen. Dit was nu juist waar ze zo bang voor was geweest. Het is niet leuk als iemand je verdenkt van iets, waar je part noch deel aan hebt.

De prille vriendschap kwam abrupt tot een einde. Renate en Sylvia wilden niets meer met haar te maken hebben. Verdrietig ging ze naar de Zadelhoeve en voelde zich verschrikkelijk alleen. Gerda was er ook al niet en ze had niet verwacht dat ze haar zou missen. Toch deed ze dat. Het was niet prettig om met iedereen ruzie te hebben. Een traan druppelde over haar wangen. Bianca was er wel en keek met een schuine blik naar haar. Eventjes. Daarna ging Bianca verder met het verzorgen van Blisco.

De dagen die volgden waren eenzaam en saai. Ze was bijna verheugd dat Gerda weer op de Zadelhoeve kwam.

'Kijk,' zei Gerda en wees naar de donkerblauwe bel op haar fiets. 'Ik heb hem geverfd als je het niet erg vindt.'

'Nee, ik vind het niet erg.'

De grap met de fietsbel interesseerde haar niet meer. Ze twijfelde. Zou ze Gerda vragen naar de hoorn? Nee, dat was niet slim. Ze moest bij Gerda thuis zien te komen.

'Ik was nog bij je langs gekomen,' zei ze, 'van het weekend. Heeft je moeder niets gezegd?'

'Nee, ik weet van niets. Ach, ik mag toch nooit bezoek op mijn kamer ontvangen. Dat wil mijn moeder niet hebben.'

'Nou nou. Waarom niet?'

'Bezoek loopt stof in het huis en ze is allergisch voor stof, dus liever geen bezoek. Alleen als het echt nodig is.'

'Als je nu vertelt tegen je moeder dat het echt nodig voor je is dat ik op bezoek kom?'

'Nee, dat werkt niet. Dat heb ik al zo vaak geprobeerd.'

Gerda keek beteuterd en Esmeralda kreeg medelijden met haar. Zo maakt iemand natuurlijk geen vrienden. Ze kon zich ook niet voorstellen dat Gerda de hoorn had. Nee, het zou dan toch eerder door Sylvia gedaan kunnen zijn, die zo overdreven boos reageerde toen ze naar de hoorn vroeg.

'Nou kom, Gerda. Dan gaan we rijden,' zei ze. Ze probeerde de hoorn uit haar hoofd te zetten.

Hoofdstuk 6

De dagen die volgden verliepen supersaai. Op school viel weinig te beleven, op de Zadelhoeve was er minder aan. Gerda was er vrijdag weer niet. Esmeralda reed met Arival naar het bos en hoorde hoefgetrappel achter zich. Ze keek om.

'Es, Es, wacht even,' riep Bianca.

Esmeralda stopte en keek vragend naar Bianca.

'Sorry Es,' zei Bianca. Ze stopte en tranen blonken in haar ogen.

'Het spijt mij, Es. Ik was een beetje geïrriteerd door de opmerkingen die je had gemaakt over Menno. Je had gelijk.'

Nu begon Bianca te huilen.

'Hij heeft me al een hele tijd niet meer gemaild. Hij heeft vast een ander vriendinnetje.'

'Ja, misschien. Zo gaat dat vaak als je allebei ver van elkaar woont,' zei Esmeralda.

Die middag werden alle strubbelingen uitgepraat. Bianca werd zelfs enthousiast bij het idee om naar het verdwenen paard te gaan zoeken.

'Laten we het nu doen, Bianca,' stelde Esmeralda voor. 'Morgen is Gerda er misschien weer en dan gaat ze ons achterna. Of ze gaat aan iemand verraden dat we het verboden terrein opgaan.'

'Ja, lastig, Es. Hoe moeten we daar vanaf komen? Het is al erg laat, dus om nu te gaan kijken, lijkt me niks.'

'Wel de enige kans, misschien.'

Bianca dacht even na en besloot om het toch te doen.

Esmeralda keek nu meer om zich heen dan anders, omdat ze bang was gesnapt te worden. Ze naderden de open plek. Esmeralda zette de paarden met de halsters vast aan de boom. Ze gingen te voet verder.

Ze liepen door het bos en ontdekten dat er verder geen pad meer verscheen. Het was echt wild bos. Er stonden wat naaldbomen. De meeste bomen hadden nog kale takken. De sneeuw was volledig verdwenen en de grond was drassig.

Bianca keek op haar horloge en zei: 'We moeten weer terug hoor,

Es. Het paard is er jammer genoeg niet.'

Esmeralda beet spijtig op haar lip en ze zei: 'Nee, wacht. Nog iets verder lopen.'

Het begon al te schemeren en de twee meisjes liepen door. Na een tijdje verscheen er weer een open plek. Er lag een meertje met daarachter wat lage heuvels. Om het meer lagen een paar grote stenen. Tegen zo'n steen lag het witte paard, rustig om zich heen kijkend. De blauwpaarse ogen van het dier straalden vriendelijk, ook toen hij de meisjes zag. Het paard deed geen poging om op te staan.

Esmeralda bleef ademloos staan kijken en Bianca's mond was open gevallen van verbazing.

'Zie je, dat is nu het paard,' zei Esmeralda.

'Wat een prachtig dier,' zei Bianca.

'Ik ga er even naar toe. Blijf jij hier, Bianca. Het zal schrikken als we alle twee gaan.'

Esmeralda liep op haar tenen naar het dier en verbaasde zich erover dat het zo rustig bleef liggen.

De droevige ogen staarden haar verwachtingsvol aan. Dichterbij gekomen zag ze de ronde deuk in het voorhoofd duidelijk. Ze was verbaasd dat de wond zo snel geheeld was.

'Dag, lief paardje,' zei ze. Alsof het dier haar kon verstaan, brieste het lichtjes. Het was wel een rare bries, met op de achtergrond een hoge klank.

'Wat ben jij voor bijzonder paardje?' vroeg ze. Ze knielde neer en streelde over de manen. Ze had nog nooit zulke zachte manen gevoeld. Ze voelden aan als angorawol.

'Zou je met ons mee willen gaan? We zullen je goed verzorgen,' zei ze en een prachtige blauwpaars oog staarde in haar ogen. Ze knipperde even met haar ogen. Had ze het goed gezien? In de donkerpaarse iris van het paard had ze zichzelf gezien en er vloog een kleine, doorzichtige gedaante achter haar. Ze keek achterom. Daar zag alleen Bianca ongeduldig staan kijken.

'Kom je, Es? Je ziet dat het dier zo verzwakt is dat het niet kan staan.'

45

Esmeralda richtte zich op. Wat jammer. Verdrietig keek ze het paard aan. Vergiste ze zich of zag ze een glanzende druppel in de ooghoek van het dier?

'We gaan de veearts voor je halen. Die zal je vast wel beter maken,' zei ze. 'Het komt allemaal goed. Dag, lief paardje.'

Ze wilde al terug lopen, toen er plotseling beweging in de benen van het paard kwam. Warempel, het paard stond op. Weliswaar wankel en onwennig, net als een veulen, maar het stond. Esmeralda slaakte een vreugdekreet en riep naar Bianca: 'Zie je, hij staat. Hij staat!'

Gedwee volgde het paard Esmeralda.

'Wat zal Hans van Dijk opkijken,' zei ze verheugd.

Met de paarden aan de teugel en het witte paard achter hen aan strompelend liepen ze terug naar het pad.

'Zo dames, zijn we er nu alweer?' vroeg een harde stem.

Ze schrokken zich wezenloos. Ze hadden de man niet gezien. Esmeralda herkende hem. Het was jonkheer van Desenhouwer Gravedam in eigen persoon. Hij zat op een groot bruin paard.

'O, mijnheer. Ziet u nu wel dat het paard bestaat. We hebben hem gevonden op uw landgoed,' zei Esmeralda snel.

'Ja, jullie komen hier wel vaker,' zei de jonkheer, terwijl hij over zijn kin wreef en het paard goed bekeek.

'O, wacht eens even,' zei hij. Hij deed een greep in de binnenzak van zijn colbert en haalde daar een zilver kettinkje met een hartvormig hangertje uit.

'Is die van één van jullie? Dat heb ik op het ruiterpad in het bos gevonden.'

'Ja,' zei Bianca, 'die was van mij. Ik hoef hem niet meer.'

'Ook goed, dan gooi ik hem weg,' zei de jonkheer. 'Wat dat paard betreft. Ik heb nog box in de stal over. Daar kun je hem of haar neerzetten.'

'U ziet toch dat het paard verzwakt is en gewond is geweest. Ziet u dat deukje in zijn voorhoofd. Hans van Dijk moet ernaar kijken,' protesteerde Esmeralda.

'Ik neem wel contact op met mijnheer van Dijk. Kom even met mij mee, dames. Dan drinken we een lekker kopje thee,' zei de jonkheer uiterst vriendelijk.

De meisjes volgden de jonkheer. Esmeralda was met Arival naast het witte paard gaan lopen.

'Ik noem je Mystery,' zei ze zacht, 'want dat ben je ook. Een prachtig mysterieus paard.'

De paarden werden door de stalknecht naar de stal gebracht. Ze konden even bij elkaar staan en konden eten uit een trog. De twee meiden volgden hen nieuwsgierig. Wat een prachtige stal was dit. Wat een mooie paarden stonden daar. De stalknecht had zich gebukt en onder het witte paard gekeken.

'Het is een dametje, hoor,' zei hij. 'Bijzonder dier. Ik zal haar straks flink borstelen.'

De meisjes volgden de jonkheer naar het huis. Na het tweede kopje thee vroeg Esmeralda of de jonkheer de veearts wilde bellen.

'Natuurlijk,' zei hij meteen.

Het nummer van Hans van Dijk had hij in zijn telefoonklapper staan. Esmeralda keek verwachtingsvol toe. Ze hoopte dat Hans snel kon komen, want ze wilde blijven wachten. Groot was haar teleurstelling dan ook, toen bleek dat de jonkheer hem niet te pakken kreeg.

'Mag ik hier blijven wachten tot u hem wel te pakken krijgt?' vroeg Esmeralda.

'Joh, we moeten zo naar huis, Es. Het is al bijna etenstijd. We moeten onze paarden nog naar de Zadelhoeve brengen,' zei Bianca. Esmeralda trok een pruillip.

'Geen zorgen, dames,' zei de jonkheer. 'Het paard krijgt hier de allerbeste verzorging. Laat je telefoonnummer hier achter. Als Hans van Dijk is geweest, laat ik je wel even bellen.'

Met weerzin nam Esmeralda afscheid van Mystery. Het paard werd naar de lege box gebracht.

Terwijl de meisjes terug naar de Zadelhoeve reden, vertelde Esmeralda honderduit over de geheimzinnige hoorn.

'Volgens mij hoort die hoorn bij Mystery,' zei Esmeralda. 'Hij past precies in dat gat.'

'Ha ha, je bedoelt een eenhoorn? Dat kan toch niet, dat zijn fabeldieren. Wat wil je dan? De hoorn vastplakken met lijm. Ha ha! Hoe dan ook, je kunt dat niet eens uitproberen, want de hoorn is foetsie.'

'Laten we hem samen opsporen, Bianca.'

'Dat meen je toch niet? Je gelooft toch echt niet dat die hoorn bij de één hoort? Ik bedoel bij het paard hoort?'

'Nee, niet echt. Ik heb de hoorn gehad met de kerst en ik wil hem graag terug hebben. Wil je me helpen? Please?'

'Oké, ik help je wel mee. Er zijn dus drie verdachten. Ik zal er over nadenken.'

Hoofdstuk 7

Esmeralda was de volgende dag erg onrustig. Ze wachtte met smart op het telefoontje over Mystery. Af en toe schoof ze achter de computer. Ze had helemaal geen rust. In haar mailbox vond ze een mailtje van Bianca. Bianca stelde hierin voor aan te pappen met Gerda. Volgens haar was Gerda de hoofdverdachte. Als ze bevriend kon worden met Gerda, dan zou ze mogelijk een kijkje in haar kamer kunnen nemen. Dan moesten Bianca en Esmeralda wel weer net doen of ze ruzie hadden, anders zou Gerda achterdochtig worden. Tenminste, als ze de dader was. Esmeralda kon zich haast niet voorstellen dat Gerda de hoorn had gestolen. Het zou kunnen. Ze mailde terug dat ze het een goed idee vond van Bianca.
Ze voegde eraan toe: "Morgen ga ik naar mijn tante An in Utrecht. Ze is jarig. Haar dochter, mijn nicht Estrella dus, heeft voorgesteld om met mij even naar de vlooienmarkt daar te gaan. Dat lijkt me wel leuk. Leuker dan de hele dag op een saaie verjaardag te zitten, de hele dag. Heb je zin om mee te gaan? Ik heb het al gevraagd aan mijn ouders en tante en die vonden het goed."
Klik, weg was de mail. Ze hoorde de telefoon gaan. O, dat moest de jonkheer zijn met nieuws over Mystery.
Beneden gekomen zag ze haar moeder aan de telefoon babbelen. 'Ja, we zijn er morgen rond elf uur. Nee, ik weet nog niet of de vriendin van Es meekomt.'
Bah, nog niets over Mystery. Om vijf uur kon Esmeralda niet langer meer het geduld opbrengen. Ze zocht tevergeefs op de computer naar het nummer van de jonkheer. Daarna belde ze Hans van Dijk. De veearts was net thuis van zijn laatste bezoekronde en klonk vermoeid. Ze vertelde hem alles.
'Ik heb helemaal niets van de jonkheer gehoord. Dat is vreemd,' zei Hans.
'Heb je het telefoonnummer? Dan kan ik bellen.'
'Dat heb ik wel. Helaas mag ik je dat niet geven. Dat weet je. Zal ik hem even bellen? Dan bel ik je daarna terug. Wees gerust. Hij leidt een druk leven en is het vast vergeten. Ik bel je wel terug als ik

meer weet.'

Ze legde teleurgesteld de hoorn op de haak. Hoe kan de jonkheer dat nu vergeten? Hij had toch personeel genoeg? Een ziek dier moest toch geholpen worden?

Een uur lang bleef ze naar de telefoon staren. Er gebeurde niets. Ze had het voorval aan haar moeder verteld.

'O, de jonkheer heeft hem vast naar de paardenslager gebracht,' zei haar moeder.

Het was bedoeld als grap. Leuk vond Esmeralda het niet en ze keek haar moeder boos aan.

'Het was een geintje. Even iets anders. Fijn dat het weer goed is tussen jou en Bi. Gaat Bi morgen nu wel of niet mee?' vroeg haar moeder.

'Noem haar toch geen Bi! Ze heet Bianca!' reageerde Esmeralda nijdig.

Zonder verder nog iets te zeggen ging ze naar haar kamertje en zette de computer aan. Ha, een mailtje van Bianca.

"Ja, leuk. Ik ga mee. Zeg hoe laat ik bij je moet zijn."

"Om tien uur," mailde Esmeralda terug. Ze surfte daarna nog een uurtje op internet. Ze had haar gedachten er niet bij. Telkens spitste ze haar oren of ze de telefoon niet hoorde gaan.

Ze hoorde alleen haar moeder roepen: 'Eten!'

Op tafel stond brood en soep. Ze had geen trek. Ze dacht telkens terug aan dat lieve paard. Zou het misschien dood zijn? Ze trommelde met de vingers op tafel en op dat moment ging de telefoon. Ze rende en trok de hoorn van de haak.

Daarbij viel deze bijna uit haar handen. 'Ja?'

De stem van Hans klonk vriendelijk en ernstig. 'Volgens de stalknecht is het paard ontsnapt. Hij dacht dat hij de staldeur goed had gesloten en die bleek open te staan. Het paard is weg. Zo zei de jonkheer tegen mij.'

'Weg? Ontsnapt? Ze stond toch ook in een box? Hoe kan dat nu? Hoe kan iemand nu zo stom zijn?'

'Niet goed afgesloten, vermoedelijk. Het is waarschijnlijk een verwilderd paard en die zoeken dan toch weer hun eigen weg. De jonkheer heeft in elk geval beloofd het paard te zoeken.'

'Het was helemaal geen verwilderd paard. Ze is zo mak als een lammetje. O! Ik ga haar zoeken!'

Ze kwakte de hoorn op de haak en trok haar jas aan.

'Waar ga jij naar toe, jongedame?' wilde haar vader weten, die het hele gesprek had gehoord. 'Je gaat nu niet dat paard zoeken, hoor. Daar komt niets van in!'

Mokkend trok ze haar jas uit en ging op de bank zitten.

Die nacht kon ze niet in slaap komen. Telkens moest ze aan het paard denken. Ze was vast terug gegaan naar haar oude plek. Het liefst wilde ze die zondag op zoek gaan naar Mystery. Helaas moest mee naar haar tante.

De volgende ochtend zat ze naast Bianca in de auto en was erg stil. Ze had Bianca verteld van de verdwijning van Mystery en haar vriendin troostte haar. Ze was ontroostbaar. Ze maakte zich erg veel zorgen en had helemaal geen zin om naar die vlooienmarkt te gaan. Eenmaal bij tante An aangekomen had ze moeite haar gezicht in een plooi te trekken en net te doen of ze blij was. Na een kopje slappe koffie met een plakje cake, stelde Estrella voor om te gaan vlooien. Estrella was al wat ouder dan haar nicht en had een auto.

'Komen jullie wel snel terug?' vroeg tante An. 'O, vergeet je niet nog even langs Bart Beenhouwer te gaan?'

'Komt voor elkaar,' antwoordde Estrella.

De vlooienmarkt vond plaats in een grote hal en het was er druk en gezellig. Even vergat Esmeralda Mystery toen ze een kraam vol met paardenboeken zag. Estrella was doorgelopen en Bianca snuffelde tussen wat sieraden. Esmeralda kocht een paar boeken voor één enkele euro en ging vol verwachting bij het volgende kraampje kijken. Ze had geluk vandaag. Daar lag het mooiste kettinkje dat ze ooit had gezien. Fijntjes, met een klein hoefijzertje met diamantjes als hanger. Het leek echt zilver en ze vroeg de prijs.

'Twintig euro,' zei de verkoopster. 'Het is echt zilver, hoor.'

Nee, toch geen geluk. Dat was veel te duur. Ze had van haar moeder dertig euro mee gekregen. Haar moeder was ook een enthousiast speurder naar oude dingen. Zij zocht voornamelijk in antiekzaken.

Haar moeder had gezegd: 'Het is een hele kunst om iets te vinden wat veel waard is voor een appel en een ei. Op de vlooienmarkt staan er ook antiquairs tussen. Die vragen erg veel. Bovendien kopen ze al het moois op van de andere mensen die er staan, voor heel weinig geld.'

'O, het lukt me vast wel iets kostbaars te kopen voor dat geld,' had Esmeralda gezegd.

Dat kettinkje kon ze echt niet voor een prikkie kopen. Zo te zien aan de andere spullen die er op tafel stonden was het niet eens een antiquair. Teleurgesteld ging ze naar het volgende kraampje. Bianca was inmiddels bij haar komen staan. Esmeralda keek verbaasd naar het kleed. Daar lag een hoorn, precies zoals zij zelf had. Aarzelend pakte ze hem op. Ja, het was precies zo'n zelfde hoorn. Ze richtte zich naar de vrouw achter de stand om te vragen wat hij kostte en keek in het gezicht van Gerda's moeder. Verontwaardiging en woede welden in haar op.

Ze omklemde de hoorn en met trillende stem vroeg ze: 'Mevrouw, hoe komt u aan deze hoorn?'

'Jou ken ik,' zei Gerda's moeder. 'Jij ging met Gerda om. Die hoorn zat tussen de rommel. Leuk is hij, hè?'

Nu begreep ook Bianca waar het om ging.

De lip van Esmeralda trilde, terwijl ze zei: 'Ik had precies dezelfde hoorn!'

'O? Nou, je mag deze ook hebben voor twintig euro! Dat is een koopje voor zo'n mooie hoorn.'

Esmeralda voelde het bloed naar haar wangen stijgen. Ze dacht dat ze zou ontploffen van woede.

Bianca bemoeide zich ermee en zei nijdig: 'Mevrouw. Esmeralda bedoelt dat ze precies dezelfde hoorn had. Hij was weg nadat UW dochter op visite was geweest!'

'Wat bedoel je daarmee te zeggen, jongedame?' vroeg de moeder van Gerda onvriendelijk.

Esmeralda had nog steeds de hoorn in haar hand en ze wou er zo mee weg lopen. Of zou ze de politie erbij halen?

'Ik bedoel,' zei Bianca, 'dat dit een gestolen hoorn is! Gestolen van

Esmeralda.'

'Doe niet zo belachelijk,' zei Gerda's moeder kwaad. 'Er zijn wel meer van die hoorns, hoor! Deze zat gewoon tussen de oude troep van mijn dochter. Die verzamelt van alles.'

'Zie je wel, tussen de oude troep van Gerda. Ze heeft hem gewoon gejat,' zei Bianca.

Nu werd de vrouw erg boos en ze riep luid: 'Leg die hoorn terug of koop hem. Twintig euro wil ik ervoor hebben, niet minder.'

Esmeralda hield hem echter stevig vastgeklemd.

'Leg terug die hoorn, anders bel ik meteen de politie!' schreeuwde Gerda's moeder.

Ze hield de mobiele telefoon al in de aanslag. Wat een vertoning.

'Wat is hier aan de hand?' vroeg Estrella.

Ze had enkele kramen verder staan koekeloeren en was op de herrie afgekomen.

Esmeralda barstte in snikken uit en vertelde met horten en stoten wat er aan de hand was. Ondertussen hield ze nog steeds de hoorn vast, terwijl Gerda's moeder al aan het bellen was.

Bianca probeerde haar tegen te houden. 'Mevrouw, niet bellen. Die hoorn is echt door uw dochter gestolen.'

'Was je erbij dan,' snauwde de vrouw en toen, 'spreek ik met de politie Utrecht? Nou, het zit zo, ik sta hier op een rommelmarkt en heb hier een meisje dat niet wil betalen. Wat? Komt u daar niet voor? Moet ik bij de organisator wezen? Stik!'

Estrella troostte Esmeralda en zei: 'Joh, ik betaal die hoorn wel aan dat mens. Als het waar is wat je zegt, is het oneerlijk. Je kunt het dus niet bewijzen.'

Ze trok een briefje van twintig euro uit haar portemonnee en gaf dit aan de onvriendelijke moeder van Gerda.

Die nam het aan en zei snibbig: 'Nou, vooruit. Eigenlijk zou ik het niet eens meer aan die meid willen verkopen, maar goed. Geld is geld.'

Terwijl de meisjes wegliepen schreeuwde ze nog na: 'Gerda mag nooit meer met je omgaan!'

Door haar tranen heen begon Esmeralda te lachen. Alsof ze daar nog behoefte aan had.

Ze had in ieder geval haar hoorn terug. Ze wist zeker dat het dezelfde was, want er zat een heel klein zilverkleurig vlekje aan de onderkant. Het vlekje leek op de vorm van een paardenhoofd.

Ze gingen terug. Estrella moest nog even langs Bart Beenhouwer.

'Wie is dat?' vroeg Esmeralda.

'Dat is een goede kennis van mijn moeder, een paardenslager.'

De meisjes reageerden alsof ze allebei door een wesp waren gestoken. 'Een paardenslager? Bah!'

'Nou, dat is niet anders dan een andere slager, hoor. Ik moet wat biefstukken halen. Vanavond eten we biefstuk. Daar is mijn moeder zo dol op,' vertelde Estrella doodleuk.

De meisjes gruwden. Ze hielden helemaal niet van paardenvlees.

Estrella keek in haar spiegel en zag de gezichten van de meisjes.

'O, sorry. Ik was even vergeten dat jullie zo van paarden hielden. Tja, wij eten dat zo nu en dan,' zei ze verontschuldigend.

'Gelukkig eten wij thuis,' zei Esmeralda.

Ze waren er al.

Estrella zei: 'Jullie mogen hier wel blijven zitten, hoor.'

Ze stapte uit.

Hoofdstuk 8

Ze bleven al te graag in de auto.

'Bart Beenhouwer heet hij, wat een naam voor een slager. Stel je nu eens voor, dat de jonkheer Mystery bij de paardenslager heeft gebracht,' zei Esmeralda.

'Nee, toch,' reageerde Bianca.

'Het kan toch? Ik ga toch even kijken.'

Bianca vond het een beetje ver gezocht. Zij geloofde wel dat Mystery was ontsnapt en weer terug was gegaan naar haar eigen plek of ergens anders. Bovendien had de jonkheer beloofd het paard weer op te sporen. Esmeralda maakte zich druk om niets, volgens haar. Toch volgde ze haar vriendin. De slagerij zag er verlaten uit, dus belden ze aan bij het woonhuis achter de slagerij. Een vriendelijke vrouw deed open.

'Eh, we zoeken Estrella,' zei Esmeralda.

'O, jullie zijn de dames die in de auto bleven wachten. Nou, kom binnen.'

Verlegen volgden ze de vrouw. Estrella zat een kopje koffie te drinken. De slager stond op en begroette de meisjes vriendelijk. Zijn vrouw schonk cola voor de meisjes in. Tot haar verbazing vond Esmeralda de man echt sympathiek. Dat terwijl ze een hekel aan hem zou moeten hebben, omdat hij paarden slachtte. Ze dacht er aan dat ze moest uitzoeken of Mystery hier was. Ze vroeg honderduit over de slagerij.

'Leuk dat je zoveel belangstelling toont,' zei Bart Beenhouwer. 'Ik krijg hier echter geen levende paarden, hoor. Ik haal paardenvlees op bij de grootleverancier en hier hak ik dat allemaal in kleine delen. Wil je even kijken?'

'Nee, we gaan zo weer weg. Dus u haalt de paarden bij de grootleverancier? Daar zijn wel levende paarden?'

'Ja, daar worden ze geslacht. Ik zie ze nooit hoor. Ik heb een overeenkomst met de leverancier en een speciaal pasje om in de koelcel te komen. Daar hangt mijn bestelling al aan de vleeshaken en die kan ik zo inladen. Kijk, dit pasje is het.'

Dat was interessant; hij liet het pasje zien, dat hij uit een mandje naast de telefoon viste. Bianca had het gesprek gevolgd en begreep niet helemaal waar Esmeralda naar toe wilde met haar gevraag.

Bart Beenhouwer legde het pasje terug en zei: 'Zo, ik ga even wat biefstuk voor Estrella pakken. Jullie moeten uiteindelijk zo weer weg.'

Terwijl hij naar de slagerij ging en zijn vrouw de glazen naar de keuken bracht, schoof Esmeralda naar de telefoon. Dat was gemakkelijk, want die stond op een tafeltje naast de bank waar ze op zat. Stiekem pakte ze het pasje uit het mandje. Alleen Bianca zag het. Ze zei gelukkig niets. Pas terug bij tante An nam Bianca haar vriendin op de gang apart.

'Zeg, wat ben je van plan?'

'Sssttt, niemand mag het weten. Op dat pasje staat de naam van die leverancier. Ik wil vanavond daar naar toe gaan. Als ik nu zogenaamd met jou afspreek bij jou thuis en jij met mij bij mij thuis, dan kunnen we een kijkje nemen.'

'Ben je gek geworden, of zo? Dat pasje is van de koelcel. Wat denk je dat je zult vinden? Een geslacht paard aan een haak met een deuk in haar voorhoofd?'

'Nee, mogelijk kan ik iets vinden. Bianca, je zult me wel gek vinden. Sinds ik die hoorn terug heb gevonden, krijg ik steeds sterk het gevoel dat Mystery bij een slachterij is. Ik kan er niets aan doen. Ga alsjeblieft met me mee?'

Bianca zuchtte. Ze wist niet wat ze van het gedrag van haar vriendin moest denken. Ze wilde haar niet weer in de steek laten.

'Goed, ik ga met je mee. Daarna brengen we meteen het pasje terug bij die slager. We stoppen het wel in de brievenbus, of zo. Met een beetje geluk denkt hij dat hij het verloren heeft.'

'Dan moeten we vanavond gaan.'

Die avond spraken ze af. Esmeralda zou bij Bianca op visite gaan en andersom. Dat zeiden ze tenminste tegen hun ouders. In werkelijkheid gingen ze terug naar Utrecht. Op het pasje stond de naam van de slachterij. Het adres was snel gevonden op de computer. Het lag een beetje achteraf, op een industrieterrein. Ze hadden precies een uur, want de laatste bus vanaf het terrein ging om half negen terug naar het treinstation. Het gebouw was verlaten. Ze liepen er deels om heen.

'Kijk, daar! Daar kunnen we misschien naar binnen,' zei Esmeralda. Een grote witte deur met een kastje ernaast. In dat kastje zat een gleuf, waar een pasje in paste. Terwijl Bianca schichtig om zich heen keek, duwde Esmeralda het pasje in de gleuf. De deur ging met een klik open en ze kwamen in een kleine ruimte. Er was nog een deur, een zware, witte deur.

'Wat moeten we hier, Es?' vroeg Bianca.

'Dat moet de koelcel zijn,' zei Esmeralda. 'Als we nu eens via die koelcel naar binnen kunnen, dan ontdekken we mogelijk iets.'

Ze openden de deur van de koelcel. Dat moesten ze samen doen, want de deur was loodzwaar. Ze rilden. Het was ijskoud. Er hingen bloederige lichamen van geslachte dieren aan haken. Bianca's ogen werden groot van afschuw. Esmeralda wilde al helemaal niet kijken.

'Doorlopen, Bianc, niet kijken.'

'Ik laat voortaan mijn karbonaadje ook staan,' rilde Bianca.

De meisjes liepen door. Bianca kon het niet nalaten te kijken. Wat afschuwelijk. Ze zag de witte spieren tegen de achtergrond van rood vlees Stevige ribben en een gapend gat waar eens de ingewanden hadden gezeten. Even dacht ze een poot te zien bewegen en ze huiverde. Zou Mystery hier tussen hangen? Ze vonden nog een deur. Deze moest toegang geven tot de rest van het gebouw.

'Stel je voor dat we hier opgesloten raken,' zei Bianca. 'Dat we er niet meer uit kunnen?'

'Welnee, we kunnen hier uit. Ik kan misschien het kantoortje vinden. Daar liggen vast papieren. Mogelijk vinden we iets over Mystery,' zei Esmeralda. Ze probeerde de deur te openen.

'Hoe kom je er toch bij, dat Mystery hier zou zijn of is geweest?' vroeg Bianca. Ze begreep er niets van.

'Ik weet het niet, het is een sterk gevoel. Een gevoel dat ik niet kwijt raak. Het gevoel is zelfs nog sterker geworden, sinds ik hier ben. Kom, help eens met de deur.'

Hoe de meisjes ook probeerden; de deur ging niet open. Ze besloten terug te gaan. Plotseling ging het licht in de koelcel uit en werd het pikkedonker. Bianca tastte in het duister en ineens voelde ze iets kouds en vochtigs; het lichaam van een dood dier. Ze slaakte een harde gil. Esmeralda tastte ook rond. Ze had iets ronds te pakken en het was koud en kleverig.

'Getver,' riep ze en deinsde achteruit. Ze botste ergens tegen op en hoorde een luidkeels: 'Au!'

Bianca greep naar de arm van haar vriendin.

Ze trok aan haar en zei: 'Hier, aan de kant lopen.' Ze vonden de deur en Esmeralda duwde met alle kracht tegen de deur.

'Ik krijg hem niet open. Help even mee'.

De twee meisjes duwden tegen de deur.

'Zie je wel. Nu zitten we opgesloten,' zei Bianca. Ze trilde als een rietje.

'Nog een keer, Bianca.'

Ze duwden zo hard als ze konden en eindelijk gaf de deur mee. Opgelucht en hijgend stonden ze in het halletje. Gelukkig konden ze gemakkelijk door de buitendeur wegkomen. De meisjes besloten snel naar de bus te gaan, toen ze ineens het gesnuif van een paard hoorden.

'Het kwam daar vandaan,' zei Esmeralda, wijzend naar de rechterkant van het gebouw.

Ze hadden het de eerste keer over het hoofd gezien. Er stond een trailer met het opschrift paardenvervoer. Een groot bruin paard keek hen met droevige ogen aan en er stond nog een paard in. Een wit paard. Een wit paard met een deuk in het voorhoofd.

'Mystery! Ik wist het, ik wist het!' riep Esmeralda.

Haar hart maakte een vreugdesprong en Bianca keek verbaasd omdat Mystery hier inderdaad was. Of een paard dat precies op Mystery leek. Opgelucht slaakte ze een zucht. Ze waren dus niet voor niets hier gekomen.

'Wat nu, Esmeralda?'

Esmeralda wilde antwoorden. Voordat ze dat kon doen voelde

ineens een stevige hand op haar schouder. Geschrokken keek ze om en slaakte een gil. Het was een man in een uniform. Hij greep de meisjes stevig vast bij de armen.

'Zo dames, en wat doen wij hier?' vroeg hij streng.

'Eh, eh,' stamelde Esmeralda.

Ze kon werkelijk geen woord meer uitbrengen en liep rood aan.

'We kwamen hier gewoon kijken,' zei Bianca.

Het was stom dat Esmeralda het pasje nog in haar hand had, want de bewaker zag dat. Hij pakte het pasje uit haar hand en vroeg: 'Hoe komen jullie aan dit pasje?'

'Eh, gevonden,' zei Esmeralda.

'We wilden het terugbrengen,' vulde Bianca aan.

'Weet je, ik geloof jullie NIET!' zei de bewaker. 'Kom eens mee, dan halen we de politie er even bij.'

Oei, wat een ellende. De politie erbij? Wat moesten ze zeggen? De meisjes keken elkaar aan met angst in hun ogen. Hoe moesten ze zich hier uitkletsen? Ruw nam de bewaker hen mee naar binnen en bracht hen naar een klein kantoortje.

'Blijf hier wachten,' zei hij en deed de deur op slot.

De deur was van glas en er waren ramen in het kantoor, zodat de meisjes alles konden zien. De bewaker belde een hele tijd met zijn mobiele telefoon. Esmeralda's hart klopte in haar keel en Bianca zat te huilen.

'Wat moeten we nu, Es? Wat moeten we nu?'

'Ik weet het niet. De waarheid vertellen, denk ik.'

Het leek uren te duren voordat er eindelijk twee politieagenten kwamen. Een man en een vrouw. De meisjes zagen hen een tijdje met de bewaker praten voordat de deur van het kantoortje open werd gedaan.

'Zo, dames,' zei de politieagente. 'Met een gevonden of gestolen pas naar binnen willen gaan. Waarom dan wel? Die dieren kun je niet zomaar op je schouders meenemen. Zeg op, waar hebben jullie de pas vandaan?'

Met horten en stoten vertelde Esmeralda het hele verhaal. De agenten luisterden aandachtig, terwijl de vrouwelijke agente aantekeningen maakte.

'Dames, als de jonkheer waar jullie het over hebben Mystery heeft verkocht aan de slachterij heeft hij er het volste recht toe. Volgens de gegevens hier zijn alle papieren van het paard in orde.'

Esmeralda begon te huilen, zowel verdrietig als woedend.

'Hij heeft beloofd goed voor Mystery te zorgen. Toe, laat Mystery niet slachten. Wij willen Mystery terug kopen.'

'Nou, we zullen morgen met de directie van de slachterij gaan praten. Mogelijk wordt er nog een aanklacht tegen jullie ingediend. Jullie gaan nu mee naar het bureau, dan bellen we jullie ouders. Die kunnen jullie dan komen halen,' zei de politieman.

De ouders kwamen en waren heel erg boos. De ouders van Bianca namen hun dochter zwijgend op.

Haar vader pakte haar ruw bij haar arm beet en zei: 'Zo, jij krijgt een maand huisarrest, dame. Je mag niet meer met Esmeralda omgaan!'

Hij keurde de ouders van Esmeralda geen blik waardig. Net of het hun schuld was. Natuurlijk was Esmeralda degene geweest die Bianca had overgehaald naar de slachterij te gaan. Dat wisten haar ouders intussen ook wel. Haar moeder begon te mopperen.

'Waarom doe je nu zoiets stoms?'

'Mama, Mystery was daar. De jonkheer had beloofd goed voor haar te zorgen, maar …'

'Niks te maar,' zei haar vader streng. 'Je hebt ons compleet voor schut gezet. Jij krijgt twee maanden huisarrest. Paardrijden is er voorlopig niet bij!'

'Mystery gaat dood hier!'

Haar ouders deden net of ze hun dochter niet hoorden en handelden de formaliteiten af. Zwijgend stapten ze in de auto.

Het enige dat haar moeder nog zei was: 'Tante An en Estrella zijn woedend! Bart Beenhouwer ook! Hoe kun je misbruik maken van hun gastvrijheid? Voorlopig zijn we daar niet meer welkom. Zo, nu wil ik geen woord meer horen over Mystery, jongedame.'

Thuis gekomen huilde Esmeralda tranen met tuiten. Wat moest ze doen? Ze kon niet uitleggen dat ze alleen het leven had willen redden van een paard. De volgende dag bracht haar moeder haar naar school en haalde haar ook weer op. Bianca was al helemaal niet op school geweest. Daarna ging Esmeralda's moeder boodschappen doen. Ze deed de deur op het nachtslot. Ook de tuindeur was afgesloten. Nu moest Esmeralda handelen. Met trillende vingers draaide ze het nummer wat ze eerder op had gezocht. Van de slachterij. Misschien was het te laat en was Mystery al geslacht. Ze werd na een hele tijd en lang gesmeek uiteindelijk doorverbonden met de directeur. Ze bood duizendmaal haar excuses aan, bijna huilend en probeerde het uit te leggen. Tot haar verbazing was de directeur één en al begrip.

'Heeft u Mystery al geslacht?'

'Nee, jongedame. Ik had van de agent al begrepen dat u een bijzondere band met dat paard heeft. U mag haar wat mij betreft kopen. Het is natuurlijk wel een zwak exemplaar en u zult er veel kosten aan hebben.'

'Dat kan me niet schelen. Ik wil haar.'

'Kunt u dat wel betalen dan? Ik vraag er vijfhonderd euro voor.'

'Natuurlijk kan ik dat betalen. Ik kom haar morgen meteen halen.'

Met die afspraak legde ze de hoorn neer. Hoe kwam ze aan vijfhonderd euro? Op haar eigen spaarrekening stond honderd euro. Op de spaarrekening die haar ouders voor haar hadden geopend stond veel meer. Daar kon ze niet bij komen, want dat was geld voor haar studie. Dan nog, ze had huisarrest. Ze moest het aan haar ouders vragen. Haar ouders reageerden bikkelhard.

'O nee, waar moeten we Mystery laten? Een plaats in de Zadelhoeve kost handenvol geld. Je hebt Arival al. Dan, het is een zwak paard. Ze sterft waarschijnlijk toch en daar moeten wij ons scheel voor betalen.'

'Ik betaal het terug. Ik beloof het.'

'Nee, Es. Geen sprake van!'

'Jullie zijn wreed. Jullie zijn dierenbeulen,' huilde Esmeralda en ze rende naar boven. Ze schaafde haar elleboog aan de ruwe muur bij de trap. Op bed barstte ze in snikken uit.

Hoofdstuk 9

Ze wist niet meer hoe lang ze had gehuild. Uiteindelijk waren de tranen op en haar ogen rood en dik. Ze pakte de hoorn en bekeek hem. Die hoorn hoorde bij Mystery. Ze voelde het. Mystery was geen gewoon paard, Mystery was een eenhoorn. Dat moest wel. Ze kon het bijna niet geloven. Mystery een eenhoorn? Dat kwam toch alleen in sprookjes voor? Stel je voor dat het nu eens waar zou zijn. Ze keerde de hoorn om en het poeder dwarrelde er uit. Snel opende ze haar handpalm. Het geurige poeder viel langzaam op haar hand en voelde warm en aangenaam aan. Op hetzelfde moment voelde ze haar elleboog licht steken. Natuurlijk, de schaafwond. Dat bracht haar op een idee. Ze nam een tipje van het poeder tussen duim en wijsvinger en wreef hiermee de wond in. Tot haar grote verwondering gebeurde datgene, dat ze eens in een sprookje had gelezen. De wond genas vrijwel ogenblikkelijk. Haar ogen werden groot van verbazing. Dit kon toch niet waar zijn? Ze had gelezen dat de hoorn van de eenhoorn genezende krachten bezat. Dit kon toch niet? Aan de andere kant, was het toeval dat ze de hoorn weer vond op de vlooienmarkt? Was het toeval dat Arival reageerde op het gefluit van Mystery? Was het toeval dat ze Mystery aantrof op de slachterij? Was het toeval dat ze zoveel aanvoelde? Ze keek op haar horloge. Het was twee uur in de nacht. Als ze het geld bracht, dan zou ze Mystery zo mee kunnen nemen. Hoe kwam ze aan het geld? Ze kreeg een idee. Als die hoorn magische krachten bezat, dan kon ze wellicht een wens uitspreken.
Ze zette de opening van de hoorn aan haar mond en riep: 'Hoe kom ik aan geld om Mystery's leven te redden?'

In het bos zat Maya. Ze sloeg haar handen tegen de oren. Wat was dit voor herrie? Heel even; een keiharde stem, een mensenstem. Ze had niet verstaan wat deze zei. Ze liet de emotie op zich inwerken. Het was nu al dagen geleden dat de eenhoorn was verdwenen en ineens zag zij haar voor zich. Ze concentreerde zich. Bloed, haken, dood vlees. Ze concentreerde zich nog dieper.

'Zij mag niet in mensenhanden sterven. Ik moet naar haar toe!'
Op haar gevoel vloog ze weg, in de richting waar ze dacht dat ze
moest zijn. Geen sterveling kon haar zien. Terwijl ze vloog dacht ze
na over de vreemde stem. Een roep in de hoorn? Dat moest wel.
Dit hield in dat de hoorn van de eenhoorn was gebruikt door
iemand. Dit betekende dat de eenhoorn nog in leven was. Een
hoorn van een dode eenhoorn verloor zijn magische krachten. Een
roep in de hoorn, die zij kon horen, was dan zeker niet meer
mogelijk. Maya dacht terug aan wat de woudwezens haar
vertelden, lang voordat de mensen kwamen. De hoorn van een
eenhoorn was afgebroken. Dat gebeurde soms op natuurlijke wijze,
wanneer de hoorn werd gebruikt om takken opzij te duwen of in
een gevecht met een roofdier. Het dier was in paniek gevlucht. Een
aardwezen vond de hoorn en wilde de sporen van het dier al
volgen. Hij besefte dat er haast bij was. Immers, de eenhoorn zou
spoedig sterven zonder hoorn. Hij zette de hoorn aan zijn mond,
riep de eenhoorn en zette de hoorn aan zijn puntoor. De eenhoorn
liet een wanhopig gekerm horen. Nauwelijks hoorbaar in de
omgeving, maar in de hoorn klonk het luid en duidelijk. Zo werd hij
snel gevonden en kon op tijd geholpen worden. Dit vond Maya een
prachtige geschiedenis. Al vanaf het moment dat haar tranen de
eenhoorn had genezen, had zij hoop gehad. Hoop dat ze te weten
zou komen waar de hoorn was. Ze had sindsdien dikwijls haar
gedachten op de hoorn gericht. Ze wist dat de kans klein was. Als
de hoorn ergens in een stoffig hoekje zou staan, ergens ver weg van
het bos, zou het wonder waar ze op hoopte, niet gebeuren. Nu was
de hoorn gebruikt en waarschijnlijk ergens in de buurt. Ze liet zich
meevoeren op de vlagen van de wind en bereikte de slachterij. Ze
ontdekte Mystery spoedig.
Mysterie vertelde haar wat ze allemaal had meegemaakt.
'Ach, lieve eenhoorn. Zie wat er van komt als je in de handen van
mensen valt. Ik kan je hier niet uit helpen. Zelfs wanneer ik al mijn
toverkracht zou gebruiken, ben je al met teveel mensen in
aanraking gekomen. Mijn kracht kan daar slecht doorheen breken.
Ik zal doen wat ik kan.'

63

Nu doemden de beelden uit Mystery's gedachten in haar op. Ze zag de twee meisjes en voelde dat dit vriendelijke mensen waren. Plotseling voelde ze ook dat één van hen die hoorn in bezit moest hebben. Dat kon Mystery's leven redden. Ze moest dan wel iets verzinnen om de hoorn naar Mystery toe te brengen of andersom. 'Lieve eenhoorn. Ik heb een idee. Ik ga weg, maar ik kom terug'.

Esmeralda was tot diep in de nacht wakker. Ze dacht terug aan de dag dat ze de hoorn kreeg en herinnerde zich het kapotte paardenbeeldje. Ze kreeg weer een idee. Ze gaf een klap met het beeldje op haar nachtkastje en krak, daar brak het hoofd weer af. Ze strooide wat van het hoornpoeder op de breukranden en zette het hoofdje op de nek. Weer gebeurde er iets ondenkbaars. Het hoofd en de nek werden één. De eerste keer was dit ook zo gegaan. Waarschijnlijk was er toen wat hoornpoeder op het bureaublad terecht gekomen en dat was op een of andere manier bij het kapotte beeldje gekomen. Een betere verklaring had ze er niet voor. Ze had ooit eens gelezen dat hoe vaker de krachten van de hoorn werden gebruikt, hoe sterker het werkte. Dat zou kunnen verklaren, waarom ze de geur pas later rook. Ze had Bianca gemaild over alles wat ze had meegemaakt en had gewacht op antwoord, dat niet kwam. Pas tegen de ochtend viel ze in een rusteloze slaap. Ze droomde van Mystery. Het was een nachtmerrie. Ze zag dat Mystery door een slager werd beetgepakt. Deze slager met boosaardige ogen pakte een mes en...

'Wakker worden, Es. Naar school!' riep haar moeder, terwijl ze de gordijnen opentrok en het raam openzette.

Nog nooit was Esmeralda zo blij geweest met het wekken van haar moeder. Wat een vreselijke nachtmerrie. Die woensdagochtend zat ze somber op school en lette niet op de lessen. Bianca was er nog steeds niet. Ze piekerde erover hoe ze aan die vijfhonderd euro moest komen om Mystery vrij te kopen en hoe ze dat moest brengen. Ze moest Hans van Dijk bellen. Die zou haar kunnen helpen. Ja, zodra ze thuis was en haar moeder weg was, zou ze Hans bellen.

Ze had pech; want haar moeder ging niet weg. Ze keek steeds op haar horloge. Het werd half drie, drie uur. Ze ging naar haar kamer en liep onrustig heen en weer. Ze zou uit het raam kunnen vluchten met aan elkaar geknoopte lakens. Haar moeder zat in de woonkamer. Omdat haar kamertje boven die van de woonkamer was, zou haar moeder haar zeker zien. Dus dat kon niet.

'Es,' riep haar moeder. 'Ik moet weg!'

Het was tien minuten over drie.

Vreugdevol rende Esmeralda naar beneden.

'Ik snap er niets van. Je vader vroeg of ik naar zijn werk wilde komen. Hij heeft een verrassing. Denk erom, ik sluit de buitendeur af. Waag het niet om op een andere manier te ontsnappen, want dan zwaait er wat.'

'Nee, mam. Goed, mam.'

Zodra haar moeder de deur achter zich had gesloten, belde Esmeralda het nummer van Hans van Dijk. Ze kreeg geen gehoor.

Zenuwachtig mompelend liep ze naar haar kamer.

'Ik moet Mystery bevrijden!'

Ze pakte de hoorn en liep weer naar beneden.

Ze zocht in alle laden en kasten naar geld en de sleutel van de buitendeur of de tuindeur. Tevergeefs. Ze besloot toch via haar kamerraam te gaan. Ze moest nog wel aan geld zien te komen. Misschien kon ze de antieke klok verkopen. Het was immers een noodsituatie. Op het moment dat ze probeerde de klok van de muur af te halen, werd er aangebeld. Ze liep naar de deur en opende deze zonder probleem. Het was de postbode met een pakje van een postorderbedrijf voor haar moeder. Dus haar moeder was vergeten de deur op het nachtslot te doen. Ze kon ontsnappen. Dat deed ze dan ook. Meteen. Er was geen tijd te verliezen. Ze nam de hoorn mee en was vastbesloten om Mystery te gaan redden. Terwijl ze naar het station liep, dacht ze na hoe ze dat het beste kon doen. Zou ze naar de slachterij toe gaan en smeken om het dier vrij te laten? Of zou ze ergens vijfhonderd euro vandaan plukken? Ze kon niet naar haar tante in Utrecht, want die was nog steeds boos. Misschien naar haar opa en oma? Nee, die woonden te ver weg. Tegen de tijd dat ze dat rond zou krijgen, zou de slachterij gesloten zijn. Ze moest zich toch al haasten. Ze moest het gewoon vragen, uitleggen, huilen, stampen.

Het was al half vijf toen ze in de trein zat. Zou ze het nog op tijd redden? De trein kwam langzaam op gang. Ze keek naar de koeien. Daar in de verte langs een zandweg liep een wit paard, moederziel alleen. Mystery? Ze kon haar ogen niet geloven. Het was Mystery. Dat moest wel. Nee, dat kon niet. Het kon Mystery niet zijn. Ze haalde diep adem, zo opgewonden was ze. Zou ze de directeur kunnen overhalen? Zou ze met hem een regeling kunnen treffen dat ze elke maand iets van de vijfhonderd euro kon aflossen? Ze had geluk dat de bus richting de slachterij bij het station in Utrecht nog stond te wachten. Als ze vijf minuten later was aangekomen met de trein, had ze hem gemist. Om half zes bereikte ze de slachterij. Zonder na te denken liep ze meteen naar de plaats waar de trailer stond. Die stond er nog steeds, maar er stonden geen paarden in.

'Mystery?' vroeg Esmeralda. Als de trailer leeg was, dan betekende dat ...

Ze zag de uitgeputte fee niet, die naast de trailer zat. Maya had al haar krachten aangewend om Mystery te helpen. Eerst was ze naar het huis van Esmeralda gevlogen, haar gevoel naar de hoorn volgend. Ze had haar magie aangewend om Esmeralda naar de slachterij te krijgen. Dat was een moeilijke spreuk, waar ze veel tijd en energie in had moeten steken. De magie had er voor gezorgd dat Esmeralda's moeder werd weggeroepen en de deur vergat af te sluiten. Vervolgens was ze terug naar de slachterij gevlogen en had met vereende krachten het slot van de trailerdeur kunnen openen. Ze had gehoopt dat het mensenkind hier op tijd zou zijn en Mystery naar een veilige plek zou brengen. Ze was helaas te laat. Maya was nu uitgeput en kon niet eens meer vliegen. Het zou zeker een paar uur duren voordat ze verder kon. Ze voelde de nabijheid van de hoorn sterk en keek naar het jonge meisje, dat verbijsterd naar de trailer staarde. Esmeralda voelde een hand op haar schouder. De bewaker!

'Ben je er nu alweer?'

'Waar is Mystery?'

'Dat willen wij ook wel eens weten! Daar weet jij vast meer van.'

'Nee, mijnheer. Ik kom hier net aan. Ik zou Mystery terug kopen. Dat had ik met de directeur afgesproken.'

'Kom eens mee,' zei de bewaker.

Ruw trok hij Esmeralda mee naar het kantoor van de directeur.

'Hier is ze weer.'

'Ja, dat klopt. Ik heb met de dame afgesproken dat ze het paard terug mocht kopen. Je bent te laat, jongedame,' zei de directeur.

'Hebt u Mystery geslacht?'

'Nee, het paard is ontsnapt. Een of andere onverlaat heeft de deur open laten staan. Weet jij er meer van?' vroeg de directeur.

'Nee. Waar is het andere paard dan?' vroeg Esmeralda.

'Dat is er gisteren al uitgehaald. Die is biefstuk geworden,' zei de bewaker, 'de directeur vroeg zich af hoe die deur open kwam.'

'Ik weet echt van niets. Was die deur dan wel goed afgesloten?'

De directeur wreef over zijn kin en zei: 'Dat ga ik nog even uitzoeken! Het is een fors slot wat er op is gezet, nadat wij erachter kwamen dat er wel eens onverlaten op het terrein kwamen. Bijvoorbeeld jonge meisjes, die graag hun paard willen terughalen. In ieder geval, het paard is verdwenen. Het zal wel ergens opgepikt worden en omdat het een chip heeft gekregen, komt het vanzelf weer terug. Dan bel ik je wel.'

Esmeralda ging terug naar huis. Dus ze had Mystery toch gezien. Mystery was mogelijk wel terug gegaan naar haar oude plek. Of zou ze toch zijn geslacht en wilde de directeur dat niet zeggen?

Hoofdstuk 10

Esmeralda keek op haar horloge. Half zeven al. Haar ouders zouden wel woedend zijn. Hoewel, haar vader had een verrassing voor haar moeder. Met een beetje geluk zouden haar ouders buiten de deur gaan eten en nog niet thuis zijn. Dan deden ze wel vaker. Ze had pech, haar ouders waren al thuis. Haar vader had een paar uurtjes eerder vrij genomen en haar moeder verrast met een winkeluitstapje en wat nieuwe kleren. Haar moeder vroeg waar ze vandaan kwam en Esmeralda verzon een smoes. Haar moeder begon kwaad te schreeuwen. Esmeralda pakte de hoorn uit haar tas. Nu zou ze haar moeder wel laten zien hoe bijzonder die hoorn was. Ze stootte de mooiste vaas van haar moeder welbewust om en het prachtexemplaar, een dure vaas, kletterde in tientallen stukken op de plavuizen.

'Wat is dat nou, Es? Waarom gooi jij mijn mooie vaas om?' vroeg haar moeder verontwaardigd.

'Mam, ik deed het niet expres, maar ...'

'Wat maar. Ik zag toch dat je het met opzet deed! Wat een ellendig kind ben je toch!'

'Mam, dat poeder uit die hoorn ...'

'Hou op over die hoorn! Naar boven jij! Ik wil je voorlopig niet meer zien! Nog een maand extra huisarrest krijg je!' riep haar moeder woedend. Oei, ze had haar moeder nog nooit zo kwaad gezien.

Ze ging naar boven en ging languit op haar bed liggen. Ze dacht na over de verdwijning van Mystery. Hoe was het mogelijk?

Ze besloot achter de computer te gaan zitten. Nog steeds geen mailtje van Bianca. Vervelend. Welnu, het nieuws dan. Het voordeel van internet was dat je alles op kon zoeken. Ze keek op Nieuwstekst en daar zag ze het staan. Haar hart begon te bonken.

"Schimmel veroorzaakt verkeerschaos" Ze opende het bericht snel.

"Op de A12 heeft een onbekende schimmel een verkeerschaos veroorzaakt in de avondspits. Het paard stak in galop over, waardoor de voorste auto moest remmen. Achterop liggende auto's knalden er bovenop. Het ongeluk heeft wonder boven wonder geen gewonden veroorzaakt. De politie is op zoek naar de schimmel of de eigenaar ervan."

'Dat moet Mystery zijn. Dat moet ze zijn,' dacht Esmeralda 'Waar zou ze nu zijn?'

Maya was weer een beetje opgeknapt. De eenhoorn was er zelf vandoor gegaan. Maya vroeg zich af waar het dier was. Hopelijk vond de eenhoorn de weg naar het bos zelf terug. Daar was ze niet zo zeker van. Ze strekte haar vleugels en hoopte hoog in de lucht de eenhoorn te zien en haar te begeleiden naar de plek waar ze thuishoorde. Eindelijk, ze zag haar. Het dier galoppeerde over een fietspad. Dat was gevaarlijk voor de fietsers. Ze zag twee fietsers, die al aan de kant schoven om niet door Mystery omver gelopen te worden. Ze vloog bliksemsnel naar Mystery en nam plaats op haar rug.

'Rustig lopen. Het bospad in, rechtsaf,' dacht Maya.

Mystery werd weer rustig bij de aanwezigheid van Maya en volgde haar aanwijzingen. Eenmaal in het bos werd haar tred pas langzamer. Ze voelde zich nu weer veilig. Ze was heel erg moe. Doodmoe. Ze kon bijna niet meer lopen. Haar benen voelden loodzwaar en het enige wat ze wilde was rusten. Maya begeleidde haar keurig naar naar het meer, waar Mystery rust had. Maya dacht na, de hele nacht en de volgende dag. Ze moest zorgen dat de hoorn naar Mystery kwam. Mensen konden haar niet zien of horen. Ze moest zich gaan bezinnen op bijzondere methoden . Hoe maakte ze aan het mensenkind duidelijk dat Mystery een eenhoorn was die haar hoorn weer graag terug wilde? Ze haalde zich weer het beeld van de twee meisjes voor de geest en vloog weg.

Maya vloog naar het huis van Esmeralda toe. Ze voelde de hoorn. Er stond een kamerraam op de eerste verdieping open. Ze besloot het erop te wagen en vloog de kamer van Esmeralda binnen. Ha, daar was de hoorn. Echter, hoe Maya ook kon toveren, ze kon die hoorn niet meenemen. Zoveel kracht had ze niet. Nee, ze moest een manier verzinnen om Esmeralda met hoorn en al naar de eenhoorn te krijgen. Ze wist niet hoe ze dat voor elkaar kon krijgen.

Op dat moment kwam Esmeralda de kamer binnen, net uit school. Maya stond bij de hoorn en met alle energie die ze had gaf ze een duw tegen de hoorn. Door de energie van haar handen, waarmee ze de hoorn niet echt kon aanraken, verschoof de hoorn iets. Esmeralda merkte het niet eens. Maya haalde diep adem en probeerde het nog een keer. De hoorn schoof over het randje van de plank en tuimelde op het bed met een zachte plof. Esmeralda hoorde het niet. Ze had haar computer aangezet om contact te kunnen zoeken met Bianca, die nog steeds niet op school was. Maya zuchtte diep en zei: - dat kon geen mens horen - 'Dat menswezen heeft ook niets in de gaten. Dan moet ik toch wat anders proberen.'

Ze vloog naar de computer. Zou ze de kracht hebben om het ding uit te schakelen? Ze concentreerde zich heel lang en richtte haar energie en handen op de aan- en uitknop.

Het knopje kwam langzaam in beweging en ineens hoorde ze Esmeralda roepen: 'Sjips! Hij gaat ineens uit!'

Ze had een mailbericht naar Bianca geschreven en nog niet verstuurd. Mopperend constateerde ze dat de pc uit was gegaan en zette hem weer aan. Ze tikte het mailtje opnieuw, een stuk korter dit keer, en stuurde het weg.

Maya sloeg wanhopig haar handen op haar hoofd: 'Waarom heeft ze het niet in de gaten? Wat moet ik doen?'

Esmeralda stond op om naar de wc te gaan en Maya volgde haar. 'Hoe moet ik het aan haar duidelijk maken?'

Nieuwsgierig keek ze naar Esmeralda's toiletgang. Het meisje was zich niet bewust van het feeëngegluur. Ze trok door en waste haar handen. Maya sprong op de knop van de stortbak en er werd weer doorgetrokken. Esmeralda keek verbaasd.

'Wat raar. Een computer die vanzelf uitgaat, een wc die vanzelf wordt doorgetrokken. Het spookt hier,' mompelde ze.

Terug in haar kamer was Maya op haar schouder gaan zitten en riep hard in haar oor: 'Neem de hoorn mee naar de eenhoorn!'

Esmeralda hoorde dat natuurlijk niet. Ze moest wat huiswerk maken en dat deed ze graag met de tekstverwerker. Terwijl ze haar aardrijkskundeboek open sloeg voor een werkstuk over de grondwinning in Nederland, kreeg Maya ineens een idee. Ze sprong op het toetsenbord. Hoewel mensen haar niet konden zien en horen, kon Maya de mensentaal wel verstaan en lezen en dus ook schrijven. Ze sprong naar de '"g" en naar alle letters die ze nodig had en raakte de toetsen met een zachte tik van haar energie aan.

Esmeralda wilde beginnen met haar werkstuk en keek verbaasd naar het beeldscherm.

'ga naar eenhoorn in het bos en neem hoorn mee.'

'Hé? Hoe komt dat er nu te staan? Wat raar,' zei Esmeralda hardop. 'Eenhoorn. Hoorn?'

Ze vergat haar werkstuk en liep naar de plank, waar de hoorn niet meer was. Ze ontdekte hem op het bed en pakte hem op.

'Is Mystery toch een eenhoorn? Ongelofelijk. Is ze weer terug in het bos?'

Ze begreep er helemaal niets van. Ze besloot toch te gaan kijken. Haar moeder was druk bezig met de huishoudelijke administratie en merkte haar dochter niet op. Esmeralda wilde al weggaan, maar bedacht zich ineens dat ze nog iets moest oplossen. De vaas! Esmeralda liep naar de keuken en keek in de vuilnisbak. Daar lagen de resten van wat eens een vaas was. Voorzichtig haalde ze de scherven uit de bak en bestrooide deze met het hoornpoeder. Na een tijdje puzzelen was het een complete vaas. Geen breuklijn te zien. Ziezo, dat was opgelost. Nu liep ze op haar tenen door de gang en keek de huiskamer in. Haar moeder was nog steeds druk bezig. De buitendeur was niet afgesloten. Stiekem sloop ze uit huis op weg naar de Zadelhoeve. De hoorn had ze in haar rugzak gestoken.

'Heb je geen huisarrest meer?' vroeg Benjamin, het manusje-van-alles op de manege.

'Ik mocht eventjes weg,' loog Esmeralda.

Net was ze op weg met Arival, toen ze Hans van Dijk op zijn fiets tegenkwam. Hij vroeg aan haar hoe het ermee was. Nou, ze vertelde het hele verhaal en alles wat ze wist. Hans wist niet wat hij ervan moest denken.

'Dus je beweert nu dat de schimmel terug in het bos is en je gaat er nu naar toe. Hummm, weet je wat? Ik ga met je mee. Wacht even, ik ga een paard uitzoeken en dan gaan we samen.'

Op de Zadelhoeve stonden wat paarden, die gehuurd mochten worden voor een korte periode. Hans kwam terug met een bruine ruin. Samen reden ze door het bos, voorbij het bordje "Verboden toegang."

In de verte was het mysterieuze gefluit te horen. Esmeralda wist dat Mystery terug was. Haar hart bonsde opgewonden in haar keel. Ze kwamen bij het meer en daar lag Mystery languit. Maya die op haar hoofd zat, zagen ze niet. Ze stapten van hun paarden en liepen naar het dier, dat hen met verdrietige en mooie ogen aankeek.

Hans onderzocht het dier en zei: 'Ze is stervende. Zo te zien is ze nog drachtig ook. Ze zal sterven voordat ze voldragen is.'

'De hoorn, de hoorn,' flitste het door Esmeralda's hoofd.

Ze haalde de hoorn tevoorschijn en zag niet dat Maya een buiteling van vreugde maakte. De ogen van de eenhoorn begonnen opgewonden te glanzen. Esmeralda plaatste het beginstuk van de hoorn in het gat van Mystery's hoofd. Op dat moment voelde ze een krachtige tinteling in haar handen en een enorme warmte waardoor ze achteruit deinsde. Een licht verscheen rondom het mystieke dier, zo fel, dat de twee mensen niets meer konden zien. Langzaam verdween het licht en daar stond de eenhoorn in volle glorie. Fier, prachtig en nog altijd drachtig. Hans stond met open mond te kijken en geloofde niet wat hij zag. Esmeralda wreef in haar ogen. Dit kon niet waar zijn. Ze stonden midden in een sprookje.

Maya knikte ontroerd. Dit was Mystery's hoorn, anders zou hij nooit aan kunnen groeien. De lengte van de hoorn was wat klein voor Mystery. Zij was de hoorn immers kwijt geraakt op het moment dat ze een veulen was. Hij stond haar prachtig. Dit was de eerste keer dat Maya zag hoe een eenhoorn herenigd werd met een hoorn. Ze werd helemaal warm van binnen.

'Dit is niet te geloven, ik had mijn fototoestel mee moeten nemen,' zei Hans.

'Ja, adembenemend,' zei Esmeralda. 'Ik heb altijd wel geweten dat er iets bijzonders met de hoorn was.'

De eenhoorn knielde en ging op haar zij liggen. Nu keek Hans nog eens goed. De eenhoorn stond op het punt te bevallen. Haar buik was dikker.

'Hoe is dit mogelijk? Hoe kan ze zo snel voldragen zijn?' vroeg Hans.

Maya wist als geen ander dat dit de kracht van de hoorn moest zijn. In een versneld tempo herstelde het lichaam van de eenhoorn. Dat kon ze jammer genoeg niet duidelijk maken aan de mensen. Ze gaf Esmeralda en Hans een dikke zoen op hun wangen en daar merkten ze natuurlijk niets van.

'Ik moet haar helpen,' zei Hans. 'Help je mee?'

'Een klein eenhoorntje halen? Dat lijkt me enig,' zei Esmeralda enthousiast.

De eenhoorn stond op en ging weer liggen. Ze strekte haar benen naar achteren en kronkelde Ze strekte zich met een strakke buik uit en stond weer op. De weeën waren begonnen. Ze ging op haar zij liggen. De bevalling begon en niet lang daarna kwam het veulen ter wereld. Een prachtig wit veulen, zonder hoorn, met de prachtigste blauwpaarse ogen die je kon bedenken. De navelstreng brak uit zichzelf doormidden.

'Wat schattig,' zei Esmeralda. Mystery floot en rolde op de grond.

'Kijk, ze krijgt nog een jong.'

Hans drukte het veulen in Esmeralda's schoot en hielp Mystery. Het volgende veulen kwam spoedig. Het dier was lichtbruin en het had eveneens geen hoorn. Ook hier brak de navelstreng vanzelf doormidden.

Hans zei: 'Wellicht krijgen ze de hoorns later.'

Daarna hielp hij Mystery verder. De eenhoorn liet achter elkaar de placenta's los, die direct uiteen vielen en verpulverden tot stof. Een windvlaag - of was het de adem van Maya? - blies het stof weg. Hans keek verbijsterd. In zijn loopbaan was hij veel verrassingen tegen gekomen, maar dit sloeg echt alles.

73

Mystery stond op en snuffelde aan de beide veulens. Ze likte aan het voorhoofd van het bruine veulen en vervolgens aan die van het witte dier. Nu groeide er het begin van een hoorn op het hoofdje van het witte veulen. Met grote ogen keken Hans en Esmeralda toe.

Bij het bruine veulen gebeurde helemaal niets. Mystery merkte dat haar gevoelens anders waren, nu ze een hoorn had. Ze voelde zich weer volledig eenhoorn en realiseerde zich dat het bruine veulen niet bij haar hoorde, ook al was het de zoon van haar geliefde Aram. Ze dacht weer even terug aan haar ontmoeting met de hengst in de wei en de innige momenten die ze samen beleefden. Ze keek diep in de ogen van het veulen en wist dat ze afscheid van hem moest nemen. Het veulen keek haar verdrietig aan en wijs als hij al was, ook hij besefte dat. In de wereld van de eenhoorns, zou hij nooit kunnen overleven. Mystery drukte haar neus tegen die van haar zoon. Ze keek hem nog één keer liefdevol aan en keerde zich om.

'Dit zijn jouw kinderen, Mystery,' zei Esmeralda. 'Zij zullen wel melk willen drinken.'

'De witte is een meisje, de bruine een jongen,' zei Hans trots.

Mystery keek met grote warme ogen naar het kleine witte veulen en vervolgens naar Esmeralda en Hans. Het leek alsof ze dankbaar keek. Het witte veulen stond op, wankel op haar poten en Mystery liep langzaam weg. Het witte veulen volgde haar. Het bruine veulen bleef liggen. Mystery draaide haar hoofd om en gaf een knipoog. Daarna ging ze in een draf en warempel, het witte veulen volgde haar.

'Stop!' riep Esmeralda. 'Je vergeet een kind.'

Nu stond het bruine veulen op. Hij richtte zijn hoofd naar de mensen en leek zijn moeder te zijn vergeten.

'We nemen hem mee, want als we het hier achterlaten sterft het,' zei Hans 'Mystery heeft hem niet geaccepteerd. Mogelijk omdat er bij hem geen hoorn opkwam? Ik weet het niet. In elk geval lijken mij de eenhoorns nu sterk en gezond genoeg om in de natuur te overleven. Tenslotte zijn ze wild. Kom.'

Ze keken de eenhoorns na, tot ze uit het zicht verdwenen waren.

'De hoorn zal ik wel missen als ik een wond ergens heb,' zei Esmeralda. 'Zo snel als het poeder uit de hoorn mijn verwonding genas, het was ongelofelijk. Net als dit.'

'Ja,' zei Hans. 'Dit is werkelijk een wonderbaarlijke ervaring. Het blijft natuurlijk wel ons geheim. Anders zal er jacht op die bijzondere dieren ontstaan. Laten we nu gaan en het veulen verzorgen.'

'Ik moet snel naar huis,' zei Esmeralda. 'Ik heb huisarrest. Mijn ouders zullen woedend zijn!'

De boswachter met borstelige wenkbrauwen, dezelfde die Esmeralda en Gerda al eens had betrapt, stond voor de jonkheer. 'Het is echt waar. Ik heb het zelf gezien,' zei hij.

De jonkheer keek hem ongelovig aan.

'Eenhoorns? Ongelofelijk. Ik begrijp het niet. Waarom heb je Van Dijk niet meteen aangesproken, Felix?'

Felix haalde zijn schouders op. 'Ik zag hoe het meisje een hoorn op het hoofd van het paard zette en hoe het dier een eenhoorn werd. Ik heb ademloos staan kijken. Het leek wel of ik vast in de grond gegroeid stond. Ik kon niets meer zeggen, niet meer handelen. Ik zag hoe de veulens geboren werden. Jonkheer, dit is ongelofelijk Zeer jammer dat ik geen fototoestel bij me had, anders zou u me wel geloven.'

'Wacht even, Felix. Ga even zitten en vertel het verhaal nog eens, dan van voren af aan,' zei de jonkheer. Felix deed wat hem gezegd werd en de jonkheer luisterde aandachtig.

Nadat Felix nogmaals het verhaal uit de doeken had gedaan, stond de jonkheer op. Hij drukte op de tafelbel om zijn butler te roepen en gaf hem de opdracht de slachterij te bellen. Toen hem werd bevestigd dat het paard ontsnapt was, knikte de jonkheer.

Hij richtte zich tot Felix en zei: 'De schimmel is weg uit de slachterij. Volgens mij is ze gestolen door het meisje en Van Dijk en hier teruggebracht.'

Felix knikte bevestigend en zei: 'Het is geen schimmel. Toen het witte veulen werd geboren, was het helemaal wit. Bij een schimmel is dat niet zo.'

'Dat is interessant. Het paard met de hoorn en de twee veulens behoren mij toe. Immers, de veulens zijn op mijn landgoed geboren.' zei de jonkheer.

'Die Van Dijk maakt hier natuurlijk geen melding van. Kunt u hem niet voor de rechter dagen, jonkheer?' vroeg Felix.

'Het is moeilijk te bewijzen, Felix, ook al ben je ooggetuige. Eerst moeten we het paard en het jong vinden. Hopelijk zijn ze nog op mijn landgoed. Mogelijk zijn er wel meer paarden met dergelijke hoorns. Misschien zijn die twee de enigen. Als dit echt zo is, dan hebben we een goudmijn in handen. Welllicht kan ik de merrie met een normale hengst kruisen en dan ontstaat er een nieuwe, unieke soort. Paarden met hoorns, eenhoorns. Ik kan er mee doen wat ik wil. Immers, eenhoorns bestaan niet, eenhoorns vallen niet onder de beschermde diersoorten. Je hoorde het meisje zeggen dat poeder uit de hoorn een wond genas, Felix. Als dit zo is, opent dit grote perspectieven voor mij. Een vriend van mij heeft een farmaceutisch bedrijf. Er worden daar allerlei, zeker alternatieve, geneesmiddelen geproduceerd. Die vriend zal zeker wel belangstelling tonen. Eerst moeten we die eenhoorns zien op te sporen. Voorzichtig en snel. Ik laat een omheining om het landgoed plaatsen. Dat kost me weliswaar een klein vermogen, maar als ze er nog zijn, kunnen ze in elk geval niet ontsnappen. Dan wil ik ook nog eens alles weten over het bruine veulen. Ik zal eens bij Van Dijk proberen te vissen, op één of andere manier.'

Hans bracht Esmeralda terug bij haar woedende ouders.

'Mijn oprechte excuses,' zei hij. 'Ik heb Esmeralda even geleend om bij een bevalling te assisteren. Ik kwam haar toevallig tegen en vroeg het haar, niet wetend dat zij huisarrest had. Ze zal een uitstekende dierenartsassistente kunnen worden.'

'Wel alle,' riep haar vader, 'je hebt straf, jongedame! Je hebt huisarrest en nog wat, dat geintje met die vaas van je moeder, dat kan ik ook niet waarderen.'

'Die heb ik toch gemaakt? Met het poeder uit de hoorn.'

'Er stond weer zo'n vaas op het aanrecht, ja. Vertel geen onzin. Die vaas zul je wel even stiekem hebben gekocht. Zulke dingen flik je dus niet meer en nu naar boven!'

'Toe, papa,' smeekte Esmeralda.

Haar vader was echt kwaad en haar moeder nog kwader. Ze werd meteen naar boven gestuurd en keek in haar email. Natuurlijk, nog geen bericht van Bianca. Huilend ging ze naar bed. Ze miste Mystery, ze miste Bianca.

De volgende dag was Bianca weer op school. Tegelijkertijd

kwamen ze aan op de fiets. Ze groette haar vriendin. Bianca wendde haar hoofd af. Esmeralda begreep het niet en zette verdrietig haar fiets in de stalling.

'Ze houden me in de gaten,' fluisterde Bianca.

Ze duwde haar fiets een paar meter van die van Esmeralda in de stalling.

'De leerkrachten moeten rapporteren aan mijn ouders als ik met je optrek. Mijn ouders hebben me een een paar dagen thuis gehouden. Ze hebben me ziek gemeld. Ze dreigden mij van school af te halen. Mijn vader heeft met de schoolleiding gesproken,' zei Bianca.

'We kunnen elkaar op school toch wel aanspreken?' vroeg Esmeralda.

'Nee, ze houden ons in de gaten. O, daar heb je juf Tina al.'

Snel liep Bianca naar de schooldeur. Het was waar wat Bianca vertelde. Esmeralda kreeg een nieuwe plaats toegewezen in de klas, ver van Bianca af. Bah, wat kinderachtig. In de pauze, op het schoolplein, voegde Bianca zich bij andere meisjes en juf Tina hield dat nauwlettend in de gaten. Nou zeg! Ze baalde ervan en voelde zich eenzamer dan ooit. Ze had een poging gedaan om het goed te maken met Sylvia en Renate, hen uit te leggen dat iemand anders de hoorn had gestolen. De meisjes hadden niet willen luisteren naar haar uitleg.

Sylvia had gezegd: 'Met jou wil niemand meer iets te maken hebben.'

Andere klasgenoten bemoeiden zich niet meer met haar, omdat ze de verhalen van Sylvia en Renate hadden gehoord. Ze was echt de gebeten hond op school. Nu kon ze dus ook al niet meer met Bianca omgaan. Treurig liep ze over het schoolplein, hopende dat de verlossende bel eindelijk ging. Eenmaal in de klas scheurde Esmeralda uit haar schrift een papiertje, pakte een pen en ging naar het toilet. Heel snel schreef ze een berichtje aan Bianca. Uiteraard over haar grote avontuur met Mystery.

'Als je het niet gelooft, bel dan Hans van Dijk,' waren de laatste woorden die ze schreef.

Terugkomend in de klas wist ze het briefje stiekem in Bianca's schooltas te stoppen. Als niemand dat maar gezien had.

Ze wilde graag weten hoe het met het veulen was. Ze durfde beslist niet langs Hans te gaan. Misschien als ze naar de Zadelhoeve mocht; even snel naar Hans. Ze zette haar tas neer en at de boterham die haar moeder had klaargezet.

'Mam, het spijt mij ontzettend van de die toestand bij de slachterij en de vaas. Mag ik alsjeblieft zo naar de Zadelhoeve? Om Arival te verzorgen? Alleen verzorgen. Arival mist mij vast heel erg en dan kost het jullie ook minder geld. Alsjeblieft?' smeekte ze.

Haar ouders hadden met de manege afgesproken Arival volledig te verzorgen zolang ze huisarrest had.

Haar moeder nam haar met een strenge blik op en zei: 'Het zou ons inderdaad wel geld schelen als je een deel van de verzorging weer zelf gaat doen. Het is ook sneu voor Arival om je te moeten missen. Goed, ik strijk over mijn hart. Denk niet dat je ons in de maling kunt nemen. Als jij straks de deur uitgaat, bel ik tien minuten later de Zadelhoeve om te horen of je aan bent gekomen. Als je daar klaar bent, belt de Zadelhoeve mij weer, zodat ik precies weet hoe laat je thuis bent. Streken zul je niet meer uithalen, jongedame!'

'Mam, die vaas …'

'Hou toch op over die vaas! In de gauwigheid de scherven van mijn vaas verdoezelen en ergens een nieuwe vaas kopen. Dan nog net doen of je hem hebt gelijmd. Ik weet niet waar je dat nieuwe ding heb gekocht. Hij is lang niet zo mooi als het origineel. In ieder geval kan ik het wel waarderen dat je een nieuwe vaas hebt gekocht. Het is en blijft een nepexemplaar. Trouwens, waar is de hoorn? Die zag ik niet op je kamer.'

'Weet ik niet zo snel, mama. Ik ga het vanavond zoeken. Nu is hij kwijt.'

'Kwijt? Je bent ook niks waard. Kwijt! Nou, ga nu gauw voordat ik van gedachten verander.'

Opgelucht ging Esmeralda weg. 'De vaas. Een nepexemplaar?' dacht ze.

Ze wist dat het geen zin had haar moeder te overtuigen. Ze kon het immers toch niet meer bewijzen. Ze was al lang blij dat ze naar de manage mocht. Op weg naar de Zadelhoeve reed ze altijd langs het grote huis van Hans. Achter het huis was een grote weide, waar een kleine stal stond, wist ze. Zou ze even vragen hoe het met het veulen was? Twee minuten en dan razendsnel doorfietsen naar de Zadelhoeve? Ja, dat zou ze doen. Ze belde aan. Er werd niet open gedaan. Esmeralda tikte ongeduldig met haar voet.

'Schiet nou op, schiet nou op!'

Uiteindelijk deed een blonde jongen de deur open. Alex, de zoon van Hans. Ze kende hem al van de manege, waar hij af en toe op huurpaarden reed.

'Is je vader thuis?' vroeg ze.

'Nee, hij is er niet.' zei Alex vriendelijk.

'Waar is je vader?' vroeg Esmeralda ongeduldig.

'Die moest een koe assisteren bij het afkalven,' zei Alex. 'Wat hebben jullie, mijn vader en jij, een geweldig avontuur mee gemaakt.'

Voordat ze er erg in had stonden ze te klessebessen. Alex vertelde dat het veulen een plaatsje in de stal had gekregen en dat het erg goed ging met het dier. Het veulen werd groot gebracht met kunstmelk en groeide snel. Het was wel een vermoeiende bezigheid om het veulen ook 's nachts te voeden. Alex, zijn vader en zijn moeder wisselden elkaar af.

'O,' riep Esmeralda, op haar horloge kijkend. 'Ik moet vliegen.'

Zij had nog nooit zo snel gefietst en was toch twee minuten te laat op de Zadelhoeve. Ze rende het kantoortje van de Zadelhoeve binnen en smeekte Femke, de administratieve kracht, haar moeder terug te bellen.

'Toe, ik ben een beetje te laat. Ik had tegenwind!'

Femke begon te lachen en zei plagerig: 'Natuurlijk. Tegenwind. Je moeder heeft inderdaad net gebeld. Ik zal wel terugbellen, hoor. Wat wordt het volgende keer? Lekke band?'

Eenmaal weer thuis, was haar moeder gelukkig niet boos. Ze begreep dat ze dit niet al te vaak kon doen. Die avond probeerde ze Hans te pakken te krijgen. Helaas, die was - zoals zo vaak - weer op pad. Ineens had ze een idee. Ze startte haar pc op en zocht naar zijn naam. Verrukt zag ze dat hij een eigen site had met een emailadres. Misschien wilde Hans haar op die manier wel op de hoogte houden. Wellicht wilde Hans zelfs foto's van het veulen op zijn site zetten. Dat zou geweldig zijn. Ze mailde direct met alle vragen die in haar opkwamen.

Ze schreef op het eind: "Als mijn huisarrest opgeheven is, wil ik graag komen kijken."

Pas tegen elven had hij teruggemaild. Het ging heel goed met het dier. Hans had hem al aan wat onderzoeken onderworpen. Het leek een gewoon paard te zijn. Niets bijzonders. Het groeide wel erg snel. Ja, hij zou zo snel mogelijk een foto van het dier op de site zetten. Natuurlijk zonder het ware verhaal erbij, want dat moest geheim blijven. De volgende ochtend deed Esmeralda bijzonder langzaam over de stalling van haar fiets. Ze wachtte op Bianca, want dit was één van de weinige momenten dat ze elkaar konden spreken. Gisteren had ze haar vriendin niet meer gezien, want juf Tina had haar nog even bij zich geroepen. Aha, daar kwam ze al aan. Terwijl Bianca haar fiets op slot zette, schoof ze Esmeralda een briefje toe.

'Hier, ik kan je niet mailen, want mijn ouders hebben mijn pc weggehaald. Voorlopig dan,' fluisterde ze.

Pas in de pauze verdween Esmeralda naar de wc en las het briefje.

"Telefoneren mag ik niet meer, dus ik kan Van Dijk niet bellen. Zelfs mijn mobiel moest ik inleveren. Ik mag niets meer! Het is niet leuk meer. Naar de Zadelhoeve mag ik ook al niet meer. Voorlopig niet meer. Mijn ouders hebben gevraagd of iemand van de Zadelhoeve Blisco wil verzorgen. Ik baal als een stekker. Ik zou graag dat veulen willen zien, dat jullie hebben gehaald. Ik kon niet geloven dat het echt was. Eenhoorns! Ik hou het wel geheim, hoor, al zal toch niemand me geloven. Schrijf je snel een briefje terug?"

Esmeralda glimlachte tevreden. Ze scheurde het briefje in stukken en spoelde het door de wc.

Hoofdstuk 12

Tijdens de dagen die volgden gaven de meisjes stiekem briefjes aan elkaar. Hans had inmiddels een foto van het bruine veulen op zijn site gezet. O, wat was het een prachtig paard. Stoer, sterk en glanzend. Ze printte de foto uit en hing hem aan de muur. Haar eigen Magic Dream. Die naam kwam plotseling in haar op. Magic Dream, dat was een mooie naam. Ze mailde meteen naar Hans of ze het paard zo mocht noemen, als Hans al niet een naam voor het paard had verzonnen. Er kwam geen mail terug en dat vond ze jammer.

De volgende middag, toen ze uit school kwam, was er bezoek. Het was Hans. Verbaasd begroette ze hem en hing haar jas op.

'Dag, Esmeralda,' zei hij vriendelijk.

'Wilt u nog een kopje koffie?' vroeg haar moeder 'Es, jij ook?'

'Ja, mam,' zei ze.

'Heb je mijn mail nog ontvangen?' vroeg ze. 'Met de naam Magic Dream?'

Hans knikte en zei: 'Ja, die heb ik gezien. Ik vind het een prachtige naam. Wat mij betreft noemen we hem zo.'

Haar moeder kwam terug met een dienblad.

'Je zult je wel afvragen waarom ik hier ben,' zei Hans. 'Net heb ik met je moeder kunnen afspreken dat je af en toe een half uurtje bij mij mag helpen, mij assisteren. Bij een veulen dat ik onder mijn hoede heb. Met uiteraard zeer eenvoudige klusjes. Tenslotte moet je eerst een gedegen opleiding voor dierenartsassistente volgen. Je mag me helpen voor je naar de Zadelhoeve gaat.'

'Echt?' riep Esmeralda blij. Ze was door het dolle heen.

'Ja,' zei haar moeder, 'een half uurtje, niet langer.'

Esmeralda vloog haar moeder om haar hals en gaf haar een dikke smak. Ze mocht nu al mee en was reuze opgewonden. Nu kreeg ze eindelijk Magic Dream weer te zien.

Hans en Esmeralda fietsten naar zijn huis.

'O, ik ben je zo dankbaar, Hans,' zei ze. 'Ik werd gek van dat huisarrest.'

Hans moest lachen. 'Ach, meiske. Ik weet als geen ander dat het huisarrest onterecht is. Je deed wat je moest doen. Het blijft ons geheimpje, toch? Trouwens, vanmorgen tijdens het spreekuur van de dierenartspraktijk van mijn vrouw, kwam ik de moeder van Bianca tegen. Ik stond net op het punt om weg te gaan, toen ik haar tegen het lijf liep. Ze kwam met de hond, die een vaccinatie moest hebben.'

'O, Bianca heeft me niets verteld over de hond, ik bedoel geschreven,' zei Esmeralda.

'Ik heb even een praatje met die moeder gemaakt, over jullie vriendschap,' zei Hans. 'Normaal gesproken bemoei ik me daar niet mee. Het is toch zonde dat jullie niet meer met elkaar om mogen gaan. Enfin, de moeder was heel redelijk en ze zou er nog eens over nadenken. Dus ik hoop dat alles voor jullie straks weer normaal gaat. Kijk, we zijn er.'

Esmeralda kwakte haar fiets neer en rende naar de kleine stal. Daar stond Magic Dream, dat prachtige paard. Hij snoof toen hij Esmeralda zag en begroette haar vriendelijk met een knik. Wat was hij al groot geworden.

'Hij groeit verbazingwekkend snel,' zei Hans. 'Als hij in dit tempo doorgroeit is hij binnen een maand een enter. We hebben er wel handenvol werk aan.'

'Echt?' vroeg Esmeralda verbaasd. 'Een veulen doet er normaal gesproken een jaar over om een enter te worden. Hoe is het mogelijk dat Mystery bevrucht werd? Door wie en wanneer?'

'Dat weet ik niet,' zei Hans. 'Mystery is raadselachtig. Je zag hoe snel ze dikker werd en ging bevallen. Ik heb eerlijk gezegd geen idee hoe lang de dracht bij een eenhoorn duurt en door wie ze is bevrucht. Ik zou zeggen, gezien Magic Dream, door een paard, niet door een andere eenhoorn. Als de groei in de baarmoeder net zo snel gaat als de groei van het veulen, kan de dracht wel eens een korte tijd duren. In dat geval zou ze niet lang geleden gedekt kunnen zijn.'

Ineens ging Esmeralda een licht op.

'De trailer. In de trailer stond een bruin paard!'

'In een trailer is weinig plaats om fratsen uit te halen. Mystery heeft echter ook bij andere paarden gestaan in de stal bij de jonkheer. Die stonden wel in de boxen. Hoe dan ook, het komt niet vanzelf.' zei Hans peinzend, 'Het is in ieder geval verbazingwekkend hoe snel het veulen groeit. Mystery heeft een twee-eiige tweeling gekregen. Het witte dier kreeg de genen om een eenhoorn te worden en Magic Dream heeft vooral de genen van zijn vader. Het is echter geen normaal paard.'

'Dan te bedenken als ik die gestolen hoorn niet had terug gevonden, alles zo niet was gegaan,' zei Esmeralda. 'Dat kan toch geen toeval zijn. In ieder geval ben ik blij dat ik Gerda nog niet heb gezien op de manege, want dan zal ik het haar eens goed onder de neus wrijven.'

'Je mag haar beslist niets over de eenhoorns vertelllen, Es,' zei Hans met een ernstig gezicht. 'Dit moet onder ons blijven.'

Esmeralda knikte en nam afscheid en Hans zei: 'Nogmaals, denk erom. Niemand mag weten hoe bijzonder Magic Dream is en niemand mag iets weten over de eenhoorns.'

Nu werd Esmeralda rood en ze zei: 'Eh, ik heb het aan Bianca verteld, pardon geschreven. Ze is mijn beste vriendin en ze kent Mystery toch?'

Hans keek bedrukt.

'Nou, ik hoop dat ze haar mond houdt. Hoe minder mensen dit weten, hoe beter het is.'

Esmeralda ging nu vaker naar Hans. Samen met Alex verzorgde ze het veulen. Het veulen verbleef voorlopig in de kleine stal. Geen geschikte stal. Als tijdelijke noodopvang voldoende. Om het veulen in contact te brengen met andere paarden, kon hij bij de buren op het weiland staan. Deze hadden twee paarden, waarmee Magic Dream al snel bevriend raakte. De buren waren vriendelijke en betrouwbare mensen en Hans had ze – in het belang van Magic Dream – alles verteld. Immers, een moederloos veulen heeft het contact met andere paarden hard nodig. Zo begrepen de buren waarom Magic Dream, hoe verwonderlijk ook, sneller groeide dan een normaal veulen.

'Ik heb bezoek gehad,' zei Hans, een week later. 'Van de jonkheer. Hij heeft een vermoeden!'

Esmeralda was één en al oor.

'Hij had gehoord dat Mystery uit de trailer was ontsnapt en vroeg zich af of ik wist waar ze was,' vertelde Hans. 'Ik weet natuurlijk van niets. Vervolgens begon hij erover dat hij spijt had dat hij Mystery naar de slachterij had laten brengen omdat Mystery wel eens een eenhoorn zou kunnen zijn. Hij vroeg aan mij of eenhoorns drachtig konden worden.'

'Echt?' vroeg Esmeralda 'Wat zei je?'

'Ik heb hem hartelijk uitgelachen en gezegd dat ik niet in fabeltjes geloof,' zei Hans vrolijk.

Nu lachten ze beiden. Wat een pret. Magic Dream hinnikte. Zelfs hij vond het grappig.

'Nu hoop ik niet dat hij dat vermoeden heeft, omdat Bianca toch haar mondje voorbij heeft gepraat,' zei Hans weer serieus. 'Zodra Magic Dream een normale groei doormaakt, gaat hij naar de Zadelhoeve. Dat hoop ik, want hier is weinig ruimte voor een paard. Op één of andere manier maakt het veulen een sterke groei door. Het gaat nu wel iets minder snel. Ik heb een paspoort gemaakt naar de leeftijd en bouw die hij nu heeft en zijn herkomst versluierd. Anders zou ons geheim niet meer veilig zijn. Het belang van deze bijzondere dieren gaat voor. Alex gaat Magic Dream verzorgen. Hij vind het geweldig.'

Er kwam die week nog meer goed nieuws. Bianca mocht weer met Esmeralda omgaan. Eerst op school en als het huisarrest voorbij was, mocht ze ook weer naar de Zadelhoeve. De meisjes waren dolblij. Geen stiekeme briefjes meer, geen geheimzinnigheid meer, geen prikkende blikken van leerkrachten. Esmeralda vertelde haar alles over het bezoek van de jonkheer aan Hans. Bianca zweerde dat ze er beslist met niemand over had gesproken.

Op een druilerige dag ontmoette Esmeralda Gerda weer op de manege. Ze had gedacht dat Gerda straf had gekregen voor het stelen van de hoorn en gehoopt dat dit heel lang zou gaan duren. Eigenlijk wilde ze de confrontatie niet aan, want ze wist dat ze woedend zou reageren. Gerda stond haar paard te borstelen en Esmeralda stapte op haar af, haar vuisten gebald.

'Jatmoos!' schreeuwde ze.

Verstoord keken enkele mensen in de omgeving op.

'Laat is hier nu geen scène maken,' dacht Esmeralda met haar verstand.

Haar gevoel schreeuwde om rechtvaardigheid. Gerda keek haar aan, alsof ze onschuld zelf was en zweeg.

'Door jouw schuld zijn er bijna drie dieren gestorven!' flapte Esmeralda eruit.

'Wat bedoel je?' vroeg Gerda met een bijna onhoorbaar stemmetje.

'Doe niet zo onnozel, tut. Die hoorn die je van mij hebt gejat!'

'O, dat. Sorry, ik wilde hem lenen. Ik was vergeten hem terug te brengen en mijn moeder had hem bij de rommelmarktspullen gedaan,' legde Gerda uit.

'Ik geloof daar dus helemaal niets van. Gelukkig dat ik die hoorn heb teruggevonden, anders waren er drie dieren dood gegaan!'

'Hoe bedoel je? Wat heeft dat met die hoorn te maken?'

Esmeralda beet op haar lip. Ze had al teveel gezegd. Ze keek Gerda met een woedende blik aan en draaide zich om. Het was de moeite niet waard om hier verder over te ruziën. Ze wilde toch nooit meer iets met Gerda te maken hebben. Ze liep naar Arival en probeerde het voorval uit haar hoofd te zetten.

Magic Dream werd na twee maanden op de Zadelhoeve geplaatst. Hij was zo groot als een enter. Zijn groei liep weer normaal, zoals elk ander paard. Esmeralda ging vaak kijken naar Magic Dream. Alex vond het prachtig, een eigen paard. Hij had al veel ervaring met paardrijden. Dit was zijn eerste eigen paard. Magic Dream was bliksemsnel halstermak en leerde snel. Het paard keek haar altijd aan en als ze diep in de donkerbruine ogen keek meende ze een groot woud te zien, waar Mystery en het eenhoornveulen vrij en vrolijk ronddartelden.

Esmeralda had geen huisarrest meer en zij en Alex raakten bevriend met elkaar. Soms liepen ze met de paarden over het bospad en keerden weer terug waar het toegangshek begon. Jawel, de jonkheer had een omheining rond zijn landgoed laten plaatsen. Andere momenten reden ze samen. Dan huurde Alex een paard, omdat Magic Dream nog te jong was om te berijden. Magic Dream was een mooie, stevige hengst. Het was een bijzonder sterk paard en dat ging als een lopend vuurtje in het rond. Op een dag kwam de jonkheer een kijkje nemen op de Zadelhoeve. Esmeralda zou die dag met Bianca gaan rijden en was bezig met het borstelen van Arival.

'Goedemiddag, juffrouw Esmeralda,' hoorde ze achter zich zeggen. Al bij het horen van de stem kreeg ze koude rillingen. Met een ruk draaide ze zich om en keek met boze blik in de ogen van de jonkheer. Hij was wel de laatste die ze wilde zien.

'Juffrouw Esmeralda,' zei de jonkheer op slijmerige toon. 'Ik kan heel goed begrijpen dat u een beetje boos bent. Ik kan u echter verzekeren dat de eenh .... eh, het witte paard zwak was, toen ik hem naar de slachterij liet brengen. Ik wilde niet dat het verder zou lijden. Het was goed bedoeld.'

'Mystery zwak? U heeft niet eens Hans van Dijk laten komen! Mystery was niet zwak. Ze miste alleen ....'

Nu slikte ze haar woorden in. Ze had willen zeggen: 'haar hoorn,' Dat ging de jonkheer niets aan.

De jonkheer keek haar vragend aan en Esmeralda zei: 'haar vrijheid.'

'Juffrouw Esmeralda. Op het moment dat de hoefsmid ijzers bij het paard wilde slaan, werd ze agressief. Er kwam stoom uit haar neusgaten. Ik heb daarna mijn eigen veearts laten komen, met spoed. Die raadde mij aan om het dier naar de slacht te brengen. Hans van Dijk zou precies hetzelfde hebben geoordeeld. Over Hans van Dijk gesproken. Zijn zoon Alex heeft hier ook een paard op de Zadelhoeve. Graag zou ik Alex willen spreken. Is hij hier toevallig vandaag?'

'Zoekt u dat zelf uit!' zei Esmeralda woedend. De jonkheer zei niets meer en liep weg, zoekend. Even later zag ze hem met Alex praten. 'Wat zou hij van Alex moeten?' vroeg ze zich af.

Ze zag dat Alex heftig met zijn hoofd schudde en iets zei en werd erg nieuwsgierig. De jonkheer liep weg, met een ontevreden gezicht. Alex zwaaide naar haar.

Even later reed ze met Alex en Bianca een eindje en Alex vertelde alles.

'De jonkheer had belangstelling voor Magic Dream. Hij bood me aan het paard te laten trainen, door één van zijn eigen medewerkers notabene,' zei Alex.

'Poeh,' zei Esmeralda. 'Voordat je het weet belandt Magic Dream als paardenbiefstuk op zijn bord. Wat een walgelijke man, die jonkheer. Hij had een hoefsmid en een veearts laten komen die natuurlijk ontdekten dat Mystery geen rijpaard is en niet in een ras is onder te delen en daardoor voor de jonkheer waardeloos was.'

'Mijn vader zal het ook nooit goed vinden. Mijn vader wil niets meer met de jonkheer te maken hebben. Dat heb ik ook tegen de jonkheer gezegd. Magic Dream is ook niet in een ras onder te delen, dus het is vreemd dat de jonkheer juist belangstelling heeft voor hem.'

'Dat is inderdaad vreemd,' zei Bianca weifelend. 'Net of hij meer weet. Weet je zeker dat je vader niets erover heeft losgelaten dat Mystery een eenhoorn is?'

'Mijn vader zegt dat hij beslist niets heeft gezegd,' zei Alex, 'en ik geloof mijn vader.'

Esmeralda zei: 'Het kan zijn dat de jonkheer vermoedens heeft. Ik weet niet hoe dat komt. Misschien hebben de buren wel iets gezegd.'

'Dat kan ik me ook nauwelijks voorstellen,' zegt Alex.

Met gemengde gevoelens keerde het groepje terug naar de Zadelhoeve. Esmeralda keek naar Alex. Eigenlijk best een leuke knul. De wind waaide lichtjes door zijn blonde haar en zijn ogen waren mooi blauw.

Hoofdstuk 13

Felix kwam uit het bos terug met een mand.

'En?' vroeg de jonkheer. 'Heb je al iets gezien?'

De boswachter had elke dag in delen van het verwilderde bos gezocht en nooit iets kunnen ontdekken. Nu pakte hij een krant uit de mand met een paar verse paardenkeutels.

'Dit heb ik gevonden, jonkheer!' zei Felix trots. 'Geen sporen, geen eenhoorns, wel keutels en die zijn beslist niet afkomstig van mijn paard. Ik heb ze gevonden bij het meertje, helemaal achter op het landgoed.'

De jonkheer wreef over zijn kin en zei: 'Nou, dat is een positief teken. Blijf daar in die omgeving zoeken, elk uur van de dag als het moet. Ik ga even uitzoeken waar Joop de Stroper uithangt. Zet voer neer! Zet desnoods een tent daar op! Eens moeten die dieren tevoorschijn komen, waar ook vandaan. Ik ben blij dat de eenhoorns nog op mijn terrein zijn. Stel je voor dat ze in handen van staatsbosbeheer vallen. Dan kan ik mijn plannen wel vergeten. Er is nog een probleem.'

De jonkheer liet Felix een foto zien van Magic Dream.

'Die heb ik gemaakt,' zei de jonkheer. 'Dit is het andere veulen dat door de eenhoorn werd geworpen. Eergisteren ben ik bij de Zadelhoeve geweest en daar stond het, onder de hoede van de zoon van Van Dijk. Het is groter dan ik dacht. Ik weet niet zeker of dit het eenhoornveulen is, Als ik het onder mijn hoede kan krijgen, kan ik het laten onderzoeken. De jongen weigerde beslist. Dat is voor later zorg. Laten we eerst die eenhoorns proberen op te sporen en te vangen.'

Mystery hoorde een zacht geknetter en knikte naar haar dochter. Ze liepen naar een lage heuvel, vlak bij het meer en het struikgewas daar week uiteen en liet een smalle ingang zien. De eenhoorns wrongen zich door de opening en het struikgewas sloot zich weer. Niemand wist dat daar een kleine opening was en de heuvel hol was van binnen. Dit was al eeuwen geleden zo gemaakt door de woudwezens. Destijds was dit gebied nog ongerepte natuur. De eenhoorns waren naar de plek gegaan, waar Mystery haar gelukkige jeugd door had gebracht. Daar was voldoende licht, water en voedsel. Een oase in het bos. Dat gedeelte dat de jonkheer altijd onaangeroerd had gelaten en waar bijna geen sterveling kwam. Bijna geen, want heel af en toe kwam de boswachter daar en speurde rond. Om de eenhoorns te beschermen, had Maya een energiekring om het gebied gelegd. Niemand kon deze zien. Als er iemand de kring binnen kwam, dan hoorden de eenhoorns een zacht geknetter, als een vuurtje dat knisperde. Ze konden dan snel de opening in vluchten. De magisch bewerkte natuur hielp hen. Hun sporen verdwenen als sneeuw voor de zon. Maya was bezorgd, omdat de boswachter steeds vaker kwam en een paar dagen geleden keutels van de jonge eenhoorn vond. Dat had niet mogen gebeuren. De natuur had ervoor moeten zorgen dat onkruid de keutels snel bedekte. Er was iets mis gegaan. Nu zag Maya, die bovenop de heuvel zat, de boswachter weer. Tot haar grote schrik zette hij een tent op. Hij was van plan te blijven. Ze vloog de heuvel in, dwars door het struikgewas heen, naar de eenhoorns toe.

'We hebben weer bezoek,' dacht Maya. 'Als hij hier blijft hebben we een probleem.'

'Dan kunnen we niet naar buiten,' dacht Mystery.

'Ik dacht dat jullie hier veilig zouden zijn,' dacht Maya. 'Nu weet ik het niet zo zeker meer. Jullie kunnen ook niet verder trekken, want er staat een omheining rond het bos. Volgens mij zoeken ze jullie. Ik moet iets bedenken om de man hier weg te krijgen.'

Ze vloog naar buiten en ging weer op de heuvel zitten. De boswachter keek rond en riep: 'Eenhoorntjes, ik weet wel dat jullie hier zijn. Kom tevoorschijn. Ik heb lekker voedsel voor jullie. Als jullie niet snel genoeg komen, dan laat de jonkheer alle bomen hier omzagen. Dan kunnen jullie je lekker niet meer verstoppen!'

Maya schrok zo, dat ze van de heuvel aftuimelde. Ze spreidde haar vleugels snel uit voordat ze de grond raakte. Haar angstige vermoeden was waar.

'Zie je wel, ze zoeken de eenhoorns. Ze willen zelfs de bomen

omzagen. Dat zou een ramp zijn voor de natuur. Ik moet echt iets doen. Alleen, wat?'
De boswachter bleef die nacht. De volgende dag ging hij terug naar het landhuis. Nu konden de eenhoorns naar buiten. Maya vloog naar de tent en probeerde met al haar kracht de haringen uit de grond te trekken.

De jonkheer moest lachen toen de boswachter vertelde wat hij hardop in het bos had gezegd.
'Dat is ook een idee,' zei de jonkheer, 'het bos kappen. Al denk ik niet dat de eenhoorns je kunnen verstaan en zich er iets van aantrekken. Bovendien zal ik voor het kappen een vergunning nodig hebben en eer ik die verkrijg, zijn we alweer een jaartje of langer verder. Buiten dat, zoiets gaat veel geld kosten. Ik kan al amper dit landgoed bekostigen. Nee, Felix. Blijf jij voorlopig op je plek. Eens moeten die dieren toch verschijnen. Zelfs eenhoorns moeten eten!"

Esmeralda zat in haar kamer achter haar bureau. Ze had zin om te tekenen en schetste twee eenhoorns, Mystery en haar dochter. Ze moest vaak aan de eenhoorns denken. Hoe zou het ze vergaan? Waar waren ze? Waren ze veilig? Waren ze gelukkig? Ze begon te gummen, de kleine eenhoorn was niet goed getekend. Misschien was ze zelfs te klein. Ondertussen zou die jonge eenhoorn vast net zo groot zijn als Magic Dream. Na een paar keer gummen en opnieuw beginnen, was ze tevreden over de tekening. Nu moest ze eigenlijk nog een naam verzinnen voor de kleine eenhoorn. Ze stak het potlood in haar mond en begon te peinzen. Het moest natuurlijk een naam beginnend met een M zijn, zoals Mystery en Magic Dream. Magnolia? Nee. Melody? Nee. Manouk? Nee. Mirakel? Mirakel. Ja, het was een mirakel, een wonder. Esmeralda vond de naam in het Engels veel mooier. Ze schreef op het tekenvel: "Miracle."
Ja, ze zou de jonge eenhoorn Miracle noemen. Nu was het bijna een compleet gezin; Mystery, Magic Dream en Miracle. Ze moest

Magic Dream er nog bij tekenen. Dat was iets gemakkelijker, want ze had een foto van het paard. Ze kon hem zo natekenen.

Na enige tijd keek ze tevreden naar haar kunstwerkje.

'Ha, ha,' lachte ze hardop. 'Nu ontbreekt alleen de vader nog. Hoe zou die genoemd moeten worden. Mystique? Ik ben toch erg nieuwsgierig wie de vader zou kunnen zijn.'

Nu tekende ze de vader er ook nog bij, een grotere versie van Magic Dream, achter Mystery. Het was alweer bedtijd toen ze de tekening klaar had. Ze rolde hem op en deed er een lintje om. Ze wilde hem aan Alex geven. Die was over een paar weken jarig.

Een jongen bracht een flesje bij het jonkheer. Het was een verdovingsmiddel.

'Nu hopen dat je vader hiervan niets merkt, Anton,' zei de jonkheer. Anton haalde zijn schouders op. Hij was de zoon van de bevriende veearts van de jonkheer. De jonkheer had eens een dure advocaat voor de jongen betaald om hem vrij te pleiten op verdenking van een beroving. Ondanks dat alles tegen de jongen pleitte, lukte het deze advocaat, die zeer veel faam genoot, om vrijspraak te krijgen. Een vriendendienst, noemde de jonkheer het toen.

De jonkheer had de jongen gevraagd om wat geschikt verdovingsmiddel voor paarden van zijn vader af te pakken.

Dit weigerde de jongen. 'Mijn vader had die advocaat zelf ook wel kunnen betalen.'

De jonkheer wist echter van nog meer streken van Anton en dreigde dit aan zijn vader te vertellen. Bovendien, als Anton het zou doen, kreeg hij tweehonderd euro. De jongen deed het.

'Je mag hierover nooit iets tegen je vader zeggen, Anton,' zei de jonkheer, die de jongen had verteld over de eenhoorns. 'Het is voor een goede zaak. Stel je voor dat het hoornpoeder echt kan genezen. Hoeveel mensen zijn hier niet mee gebaat?'

Anton hield zijn hand op en de jonkheer gaf hem twee briefjes van honderd euro. Eigenlijk was het wel riskant wat de jonkheer had gedaan. Hij ging ver, veel te ver. Het idee dat hij geld kon slaan uit de eenhoorns, hoe dan ook, verblindde zijn geweten totaal. Het onderhoud van het landgoed kostte hem teveel geld, hij had schulden. Dat probleem zou in één klap opgelost kunnen worden als hij de eenhoorns te pakken kreeg.

Nadat Anton was vertrokken pakte hij een verdovingsgeweer, dat hij ooit eens had gekocht voor zijn verzameling. Joop de Stroper wist hier wel mee om te gaan. Hij wist dat hij in zware overtreding was, want alleen een dierenarts mocht dit doen. Ach, wie zou het te weten komen, als hij de eenhoorn eenmaal in handen had? Joop kon hij gemakkelijk in de tang nemen als het echt fout zou gaan. Hij besloot even naar Felix te gaan. Felix zat voor zijn tentje met een verrekijker en speurde de omgeving af.

'Nog niets te zien, hè?' stoorde de jonkheer hem.

'Nee, ik zie helemaal niets. Soms vraag ik me af of ze hier wel zitten. Wellicht zijn ze allang weer ergens anders,' zei Felix. 'Trouwens, mijn tentharingen waren een stuk omhoog gekomen. Er staat toch geen wind?'

'Er gebeuren hier vreemde dingen, Felix. Ik hoop niet dat ze ergens anders zitten. Er is hier water en de dieren moeten drinken. Als ze hier nog zijn, zullen ze hier altijd terugkomen,' antwoordde de jonkheer. 'Vanavond ontvang ik Joop de Stroper. Die komt je aflossen. Misschien moet ik ook eens nadenken over een lokaas.'

'Die meid,' zei Felix meteen, doelend op Esmeralda.

De jonkheer knikte en ging terug naar het landhuis. Hij dacht na over Esmeralda. Dat zou een lokaas kunnen zijn. Hoe en op welke manier?

Hoofdstuk 14

Joop de Stroper was een stevige man. Eens, lang voor de omheining er stond, was hij door Felix betrapt op het landgoed. Hij had een haas gevangen en de jonkheer wilde aanvankelijk de politie bellen, en deed dit toch niet. Hij hoorde de stroper uit en begon zich te interesseren voor de man. De stroper had een interessant verleden. Hij was veel in Afrika geweest, was daar op strooptocht geweest, had allerlei dingen meegemaakt en hij had verstand van het verdoven van dieren en allerlei vallen. Dat had hij geleerd van afrikaanse inwoners.

De Stroper had bijzondere jachttrofeeën verzameld, waar hij zeer uitgebreid over vertelde.Verboden en zeer interessant. Daar hield de jonkheer wel van. Hij had de man verzekerd dat hij geen aangifte zou doen. De haas verdween in de pan. De jonkheer ging later een keer bij hem op bezoek om al zijn trofeeën te bewonderen, vandaar dat hij het adres van De Stroper wist. Nu kon hij de diensten van De Stroper goed gebruiken, uiteraard tegen een goede betaling. Hij legde De Stroper uit wat de bedoeling was.

Hij had het slechts over verwilderde paarden, niet over eenhoorns. De Stroper zei: 'Ik heb een verdovingsgeweer bij me, een moderne met luchtdruk. Daarmee kan ik het dier op korte afstand raken. Als het nodig is. Ik geef liever de voorkeur voor de blaaspijp. Vangnetten heb ik ook meegenomen. Ik ben zeer vereerd om voor u te mogen werken. Dat is weer eens iets anders dan op strooptocht gaan.'

De jonkheer glimlachte en knikte: 'Wat u wilt.'

De man bleef logeren in de rechtervleugel van het landhuis. De volgende dag bracht de jonkheer hem naar het gebied bij het meer.

'Die tent staat veel te opvallend. Die moet achter een boom, bij voorkeur tussen struiken worden geplaatst,' zei de Stroper. 'Ik ga het eerst proberen met vallen! Kuilen en vossenklemmen.'

'Vossenklemmen?' vroeg de jonkheer. 'Dat toch liever niet. Ik wil de paarden zo ongeschonden mogelijk.'

De Stroper grijnsde 'Ik maak een grapje. Vossenklemmen geven

veel rommel. De kuilen zijn efficiënt en geven het minste risico op verwondingen.'
Samen met Felix maakte hij de vallen. Diepe kuilen met takken en bladeren erover in de omgeving van het water.

Maya had alles gezien en werd nog ongeruster dan ze al was. Ze moest iets doen. Ook al zouden de mensen weg gaan, dan nog konden de eenhoorns niet zo vrij rondlopen, niet zonder haar begeleiding. Zo te zien bleef die ene stevige man, dus de eenhoorns konden geen kant op. Was het maar zo dat de mensen de eenhoorns niet konden zien. De eenhoorns hapten van de struik voor de opening van de heuvel, die vol verse regendruppels op de bladeren, voldoende voedsel en vocht opleverden. Voorlopig.
Ze vloog de heuvel in en dacht: 'Ik moet even weg, lieve eenhoorns. Ga niet naar buiten. Het is te gevaarlijk.'
Maya haalde diep adem en vloog weg, uit het bos.
Terwijl haar vleugeltjes met knisperend geluid klapten, concentreerde ze zich op één gedachte: 'Laat het recht zegevieren.'
Positieve, onzichtbare energiedeeltjes dwarrel-den in de lucht, met de bedoeling om terecht te komen bij hen die hierbij betrokken waren. Als het nog niet te laat was.

Esmeralda was bezig met haar huiswerk en hoorde haar moeder roepen: 'Es, telefoon!'
Het zou toch wel handig zijn als ze eens een eigen mobieltje kreeg. Haar ouders wilden dat niet. Bijna iedereen op school had al een gsm, zij was één van de weinigen zonder. Ze was over drie maanden jarig en ze zou hem bovenaan haar verlanglijst zetten.
'Wie?' vroeg Esmeralda.
'Het is Aal,' zei haar moeder.
Esmeralda dacht na. Ze kende helemaal niemand met de naam Aal en pakte nieuwsgierig de hoorn op.
'Alex,' zei ze verrast. 'Wacht eventjes.'
Ze hield haar hand op het spreekgedeelte en zei: 'Mam, hou toch eens op met dat afkorten van namen. Het is Alex. Alex van Dijk"

'Sorry, Alex. Hier ben ik weer. Of ik volgende week zaterdag op je verjaardag kom? Natuurlijk doe ik dat.'

Ze werd opgewonden. Alex had haar uitgenodigd. Oei, nu zou ze een echt cadeau moeten kopen.

Ze werd rood en vervolgde, een beetje zenuwachtig: 'Ben je morgen op de Zadelhoeve? Oké, dan zie ik je morgen.'

Ze sprong een gat in de lucht.

'Is Alex nu je vriendje, Es?' vroeg haar moeder.

'Vriendje? Alex? Nee, mam. Gewoon een vriend. Een vriend van Bianca en van mij. Hij is volgende week zaterdag jarig en geeft dan een feestje. Daar mag ik toch wel naartoe, mam?'

Haar moeder knikte en zei er wel bij: 'Tot de gewone tijd, Es. Twaalf uur en niet later.'

Esmeralda voelde vlinders in haar buik en kon zich niet langer meer concentreren op haar huiswerk. Ze ging dromerig op haar bed liggen. Ze was verliefd.

Door het openstaande raam vloog Maya naar binnen, die ze uiteraard niet kon zien.

'Kan ik in je dromen komen, mensenkind?' vroeg Maya zich af en ze nam plaats op het voorhoofd van Esmeralda.

De volgende ochtend werd Esmeralda wakker met een vage herinnering aan een droom over Mystery en Miracle. Ze had de twee eenhoorns zien lopen en wat gebeurde er toen? Ze wist het niet meer, behalve dat het een naar gevoel bij haar gaf.

Esmeralda ging meteen na schooltijd winkelen, op zoek naar een cadeau voor Alex. Wat zou hij nu leuk vinden? In Van-Alles-Wat vond ze naast huishoudelijke spullen en parfumeriespullen veel hebbedingetjes, wel allemaal gewoontjes. Misschien wilde Alex wel een leuke cd of dvd. Dan zou ze toch naar de stad moeten. Ze liet het even zo en fietste naar de Zadelhoeve.

Alex was Magic Dream aan het borstelen.

'Hoi,' zei ze iets verlegen en ze hoopte niet dat ze al te rode wangen had. Gek was dat, eerst was ze helemaal niet zo verlegen. Sinds ze verliefd was, voelde ze zich bekeken. Ze wist bijna zeker dat hij doorhad dat ze hem leuk vond en schaamde zich een beetje. Zou hij haar wel zo leuk vinden?

'Hoe is het ermee?' vroeg hij.

'O, goed hoor,' zei Esmeralda en boog haar hoofd naar beneden. Ze tuurde een tijdje naar haar schoenen en zei: 'Ik ga even naar Arival.'

Ze was blij toen ze Bianca aan zag komen fietsen. Even later was ze volop in gesprek met haar vriendin. Ze vertelde over haar droom. 'Gek,' zei ze. 'Nu heb ik het gevoel dat de eenhoorns in gevaar zijn. Een vaag gevoel, maar toch.'

'Ze zullen toch niet ontdekt zijn?' vroeg Bianca. 'Ach vast niet. Maak je geen zorgen. Even iets anders, ga jij ook naar de verjaardag van Alex?'

'Ja, natuurlijk. Hij belde me gisteren op,' zei Esmeralda met een glimlach.

'Mij ook,' zei Bianca.

Meteen verdween bij Esmeralda het speciale gevoel dat ze gisteren kreeg toen hij haar opbelde. Natuurlijk had hij niet alleen haar opgebeld, maar iedereen die hij wilde uitnodigen.

'Wat moet ik hem geven?' vroeg Esmeralda.

'Dat heb ik gisteren gevraagd. Hij wil - heel saai - geld, want hij is aan het sparen voor een laptop.'

'O,' zei Esmeralda droog en borstelde Arival verder. 'Dat is inderdaad saai.'

Ze dacht na. Ze kon het geld in een waaier vouwen en met een lint aan de tekening vastbinden. Dan leek het tenminste nog ergens op. Ja, dat zou ze doen!

De jonkheer werd ongeduldig. Er waren al een paar dagen verstreken sinds Joop De Stroper in het bos zat.

'Lokaas,' zei de jonkheer tegen Felix, 'we moeten lokaas hebben. Mensen die betrokken zijn geweest bij de eenhoorn. Het meisje, beter nog de jongen. Die Alex, de zoon van Van Dijk. Tenslotte is zijn paard vermoedelijk op de zoon van de eenhoorn. We moeten ervoor zorgen dat hij gealarmeerd wordt en dat hij naar het landgoed komt op het paard.'

'Wat wilt u dan met het paard?' vroeg Felix.

'De eenhoorn zal reageren op haar kind, denk ik. Dan zal ze tevoorschijn komen. Het is een gok, maar de moeite waard. Lukt het niet, dan is er geen man overboord. Jij gaat die Alex bellen met een mededeling, Felix! Geef De Stroper de opdracht de valkuilen dicht te gooien, anders stapt die jongen er misschien in.'

Maya zat op de boekenplank in Esmeralda's kamertje en schudde wanhopig haar hoofd. Ze had al een paar dagen geprobeerd in de dromen van het mensenkind te komen. Dat werkte niet goed. Zonder de hoorn was de band tussen het mensenkind en de eenhoorn een stuk minder. Ze had de kans gezien een potlood omhoog te krijgen, om te kunnen schrijven. Het schrijven lukte helemaal niet. Het potlood was te zwaar. Bovendien was het mensenkind te druk met haar huiswerk en dagdromen. Ze volgde het mensenkind en tot haar opluchting zag ze dat de computer werd aangezet. Eindelijk, met het toetsenbord, kon ze - zoals eerder - haar boodschap duidelijk maken.

Het mensenkind begon te mopperen. 'Waarom doet hij het niet?'

Ze zag het meisje naar een klein kastje in de hoek van de kamer lopen, waar nog slechts één lampje flikkerde.

'Er is waarschijnlijk weer storing! Bah!' zei het mensenkind.

Maya zuchtte wanhopig toen ze zag dat de computer weer werd uitgezet. Wat nu? Hoe kon ze de aandacht trekken? Hoe kon ze haar boodschap duidelijk maken?

Esmeralda baalde. Het was niet de eerste keer dat de modem zo vreemd deed. Meestal was er sprake van een storing in de internetverbinding. Ze besloot even af te wachten, want bellen naar de provider kostte veel tijd en geld. Ze had informatie willen hebben over een spreekbeurt die ze wilde houden; over pesten. Op dat moment viel er een boek van de plank boven haar bed.

'O, krijgen we dat weer? Bewegende voorwerpen?' mopperde Esmeralda.

Op hetzelfde moment viel er weer een boek. Een muis, of zo? Het meisje keek op de plank. Er was niets te zien.

Maya vloog naar de computer en gaf een trap tegen de tuimelknop. De computer ging aan en Esmeralda keek verbaasd.

'Dit is al eens een keer eerder gebeurd,' mompelde ze. 'De tekstverwerker doet het wel! Dan kan ik in ieder geval een beginnetje maken. Laat ik het eens uitproberen!'

Het meisje stelde de tekstverwerker in en wachtte geduldig af. Maya zag haar kans schoon en sprong op het toetsenbord. Ze verloor haar evenwicht en tuimelde onderuit. Haar energieveld raakte een aantal toetsen en op het beeldscherm verscheen: ASDVB. Ze had ook de capslock knop per ongeluk geraakt.

'Wat is dat nu?' vroeg Esmeralda hardop. 'Kan het geen virus zijn? Die automatisch de computer opstart? Een trojan horse, of iets dergelijks, die ook het toetsenbord beheerst? Ik ga hem weer uitzetten.'

Maya krabbelde op en snel sprong ze op de letters.

'NEE' kwam er te staan op het scherm.

Esmeralda keek verbaasd naar het woord.

'Nee?'

"DE EENHOORN! GEVAAR!" stond er op het scherm.

'Dus toch!' zei ze. 'Mijn voorgevoel was juist.'

Ze keek op haar horloge. Elf uur. Ze rende naar beneden en trok haar jas aan. Ze had om half een afgesproken met Bianca bij de Zadelhoeve.

Hoofdstuk 15

Tot haar verbazing stond Alex haar op te wachten. Ze had hem niet verwacht op dit tijdstip, omdat hij op zaterdagmiddag altijd voetbalde.

'Es, ik heb een vreemd telefoontje gehad,' zei hij. Hij pakte haar bij de arm en fluisterde: 'Een zware mannenstem zei mij dat de eenhoorn in gevaar was en dat ik met mijn paard naar het landgoed moest komen. Vanmiddag.'

Haar ogen werden groot, met een mengeling van verbazing en angst.

'Dat is mogelijk een val. Waarom moet je Magic Dream meenemen? Vreemd. Misschien willen je hem wel van je afpakken.'

Ze vertelde haar vreemde ervaring met het bericht op de computer en Alex schudde ongelovig met zijn hoofd.

'Je hebt me al eerder over dit soort dingen verteld, Es. Dit gaat mijn pet te boven. Ik weet niet wat jij doet. Ik ga wel. Zonder Magic Dream,' zei Alex.

'Ik ga met je mee. Als ik het bericht niet op de computer had ontvangen zou ik zeggen: niet doen. Ik denk ook dat Mystery echt in gevaar is. Neem dan toch Magic Dream mee, met hem vinden we Mystery hopelijk sneller. Dan lopen we wel. We wachten even op Bianca.'

'Nee, niet op Bianca wachten. We pakken de paarden, snel! Ik schrijf wel even een briefje voor Bianca,' zei Alex.

Even later liepen ze over het bospad naar het landgoed.

'Er staat toch een omheining omheen?' vroeg Esmeralda. 'Dan kunnen we er toch niet in.'

'Ha ha, ik heb natuurlijk wel even een joekel van een metaalschaar van mijn vader geleend.'

Het toegangshek stond open.

'Dat vertrouw ik niet, Alex. Het lijkt wel een val,' zei Esmeralda aarzelend.

'Je hebt gelijk, Es. Het ligt er allemaal te dik bovenop. We gaan hier rechtsaf en zoeken een plek op, waar we de omheining door kunnen knippen.'

'Aan het einde,' zei Esmeralda. 'Daar is het meertje.'

Steeds keken ze schichtig rond.

'Het is toch wat,' zei Alex om de spanning te breken. 'Een ruiter en een amazone op avontuur.'

Esmeralda voelde zich weer rood worden en hoopte dat Alex het niet zou merken.

'Hier gaan we het doen,' zei Alex. In zijn rugzak zat een forse schaar. Hopelijk zou het hiermee lukken.

Het viel niet mee. Hoewel de omheining met fijn gaas was gemaasd, was het erg stug. Alex begon te mopperen, omdat hij blaren op zijn handen kreeg. Esmeralda nam zijn klus over. Zij had nog minder kracht. Toch slaagden ze erin om stukje voor stukje kapot te knippen.

'Als we betrapt worden zijn we in de aap gelogeerd,' mompelde Esmeralda.

'Ik sta op de uitkijk. Wees niet bang,' zei Alex op geruststellende toon. 'Maak het gat wel groot genoeg dat de paarden er ook door kunnen. Die laat ik hier echt niet achter.'

Ze gaf de schaar aan Alex en zei: 'Pffff, nu jij weer even, hoor. Mijn handen doen pijn!'

Er verstreek een uur voordat het gat eindelijk groot genoeg was. Eerst ging Alex, toen Magic Dream, vervolgens Arival en tenslotte Esmeralda. Ze namen de paarden aan de teugels en liepen door het bos.

'Waar zouden ze zijn?' vroeg Alex en hij streelde de neus van Magic Dream. 'Kom, Magic Dream, zoek je moeder op.'

Het paard stak zijn neus en in de lucht en brieste. Vervolgens begon hij te knikken, net alsof hij precies begreep wat Alex wilde en waarschijnlijk was dit ook zo.

'Kijk, sporen,' zei Alex. Op de grond waren paardensporen te zien en keutels. 'Hier zijn ruiters geweest. Laten we die in elk geval volgen.'

Zwijgend liepen ze verder. Ze waren allebei gespannen en het was akelig stil in het bos.

Onder hun voeten knapten de takken. Iets verderop was het meertje te zien. Langzaam liepen ze door, de paardensporen volgend.

Ze liepen langs de tent, die verscholen in de struiken stond en ze daardoor niet zagen. De Stroper volgde hen nauwlettend en hoorde alles wat ze zeiden.

'Ik vraag me af of Bianca het briefje al heeft gevonden,' zei Esmeralda. 'Ik weet niet of het zo'n goed idee is dat ze hierheen komt. Ze gaat vast door het toegangshek in het bos en als ze gesnapt wordt en haar ouders worden gewaarschuwd, kan ze de omgang met mij wel helemaal vergeten.'

'Daar heb ik niet aan gedacht,' zei Alex. 'Hopelijk denkt ze net als wij en gaat ze niet door het toegangshek. Mogelijk vindt ze de opening wel, die wij hebben gemaakt.'

'Ze hebben dus een gat gemaakt in de omheining,' dacht De Stroper. 'Ze zijn dus niet door de toegangshek gekomen, zoals de jonkheer had verwacht. De jonkheer en Felix staan daar verdekt opgesteld te wachten tot het lokaas er is. Dan kunnen ze lang blijven wachten, want ze zijn hier al.'

'Mystery?' riep Esmeralda. 'Waar ben je?'

Maya was intussen teruggevlogen naar het bos en vloog de heuvel in.

'Ze zijn er,' dacht ze. 'Esmeralda die je de hoorn heeft teruggeven en een jongen. Als ze dichterbij komen stappen ze misschien in de vallen. Als jullie naar ze toelopen, zal ik jullie er langs leiden. Ik hoop dat ze zo slim zijn jullie mee te nemen. De man durft dan waarschijnlijk niets te doen. Alles is voor jullie nu beter dan hier in het bos.'

Maya wist niet dat De Stroper de vallen al had dichtgegooid. De Stroper hield de jongelui nauwlettend in de gaten en vulde de blaaspijp met een verdovingspijltje. Nu opende zich de struik heel langzaam en kwam daar eerst Mystery, gevolgd door Miracle.

'Wat is het veulen groot geworden,' zei Esmeralda vol ontzag.

Alex zag de dieren voor het eerst en zijn mond viel wijd open. De ogen van De Stroper rolden er bijna uit van verbazing. Verwilderde paarden had hij verwacht, geen eenhoorns. Direct zag hij een eenhoornhoofd aan de muur voor zich. Op dat moment bedacht hij zich. In zijn tas had hij behalve netten en andere jachtattributen ook een jachtgeweer. Als hij met de blaaspijp zou schieten, zou het kunnen zijn dat het niet werkte. Een schot met een jachtgeweer zou altijd raak en effectief zijn, zeker met het vizier. Die hoorn was beter dan het bedrag dat de jonkheer hem had aangeboden. Zo'n trofee, naast zijn bonte verzameling olifantentanden en hoorns van neushoorns, die hij in Afrika had verzameld, zou geweldig zijn. Hij moest die hoorn hebben. Wanneer hij eenmaal het schot loste zouden die kinderen vast enorm schrikken. Dan zouden ze wel meteen weg vluchten. Anders kon hij ze nog altijd dreigen. Nee, die hoorn zou van hem kunnen zijn. De jonkheer en Felix waren tenslotte aan het andere kant van het landgoed. Er lag nog restmateriaal dat gebruikt was voor het maken van de valkuilen. Ook de schop lag er nog. Hij kon de gedode eenhoorn snel verbergen onder takken, bladeren en zand. Mocht dat hoopje opvallen, dan kon hij altijd zeggen, dat het restmateriaal was van de valkuilen. Daarna kon hij uitleggen waarom hij geschoten had. Dat de verdoving niet had gewerkt, dat hij zijn jachtgeweer had gepakt om in een been te schieten. Dat hij helaas mis had geschoten en de eenhoorns waren gevlucht. Als ze dat verhaal slikten, kon hij op een rustiger tijdstip de hoorn eraf halen. Als ze hem boos zouden wegsturen, dan zou hij in de nacht door de kapotte omheining kunnen komen en zijn werk afmaken. Ja, zo zou hij het kunnen doen.

De eenhoorns liepen stap voor stap naar Esmeralda en Alex. Het leek net alsof ze ergens omheen liepen, iets onzichtbaars. Maya leidde hen behoedzaam langs de plaatsen waar de vallen eerder waren aangelegd. Mystery had Esmeralda bereikt en ze aaide haar zachte manen. De Stroper had het jachtgeweer in de aanslag en richtte zorgvuldig. Op het moment dat de kogel werd afgevuurd, werd het geweer uit zijn handen geslagen door Hans van Dijk, die achter hem stond.

Esmeralda greep naar haar buik en gilde. Ze was geraakt!

De paarden en eenhoorns stoven van schrik uiteen en renden alle kanten op.

De Stroper draaide zich om. Hans greep hem bij zijn arm en draaide deze met een ruk om.

'Es!' riep Bianca en rende naar haar vriendin, die langzaam in elkaar zakte. Alex stond er verbouwereerd naar te kijken.

'Alex, help me,' riep zijn vader. Alex keek verbijsterd in de richting van het geluid, zag zijn vader vechten en rende er naar toe.

'Er zit een zakmes in mijn broekzak. Gebruik het touw van de tentharingen. Help me deze vent te overmeesteren,' kreunde Hans, die moeite had met het vasthouden van De Stroper.

Bianca knielde naast Esmeralda, die haar handen op de wond hield en lag te kreunen. Bianca legde gedachteloos haar camera naast zich meer en keek vol ongeloof naar haar vriendin. Even tevoren was zij met Hans op het terrein aan gekomen en had ze van een afstand de eenhoorns gezien. Niet lettend op welk gevaar dan ook had ze snel een foto genomen. Totdat de onheilspellende knal in de lucht klonk en ze haar vriendin in elkaar zag zakken.

'Bianca, bel een ambulance,' riep Van Dijk.

Hij had De Stroper op de grond weten te krijgen en had zijn handen gebonden. De man trapte met zijn voeten en Alex en Hans hadden grote moeite deze in bedwang te houden. Bianca pakte haar mobieltje en met trillende vingers belde ze het alarmnummer.

'Schiet op, schiet op. Es mag niet dood gaan!'

Maya keek geschrokken naar het tafereel. Dat was de bedoeling niet. De eenhoorns hadden zich verscholen achter de struiken. Mystery keek met droevige ogen naar het akelige schouwspel. Ze stak haar hoofd in de lucht stak en daar klonk haar lage roep weer. Arival was naar een andere kant gerend en bleek na een tijdje stil staan. Daar liep ze, van de eerste schrik bekomen, langzaam naar haar gewonde bazinnetje. Ze boog haar hoofd en begon te snuffelen. Arival voelde dat het niet goed met Esmeralda ging.

Met tranen in haar ogen stond Bianca op en streek Arival over de manen. 'Het komt wel goed, Arival. Het komt wel goed.'

Maya vloog naar de eenhoorns en stuurde ze terug naar de veilige plek in de heuvel.

'De jonkheer heeft me de opdracht gegeven,' riep De Stroper.

'Dat is een leugen!' zei een stem achter Hans.

Hij keek om en zag daar de jonkheer en Felix staan. Ze hadden Hans en Bianca gevolgd, die lopend door het toegangshek waren gekomen. De jonkheer had gedacht dat Alex zijn vader had gestuurd en dat deze dan als lokaas moest dienen. Dat maakte het er niet gemakkelijker op. Als De Stroper de eenhoorn zou verdoven, zou Van Dijk daar zeker tegen gaan protesteren. De jonkheer kon De Stroper gemakkelijk laten arresteren en de eenhoorn was dan in zijn handen. Daar kon Van Dijk dan niets meer aan veranderen. Het liep echter anders; de ellendige stroper had tegen alle afspraken in een vuurwapen gebruikt, met alle gevolgen van dien.

'Dat is een stroper,' zei de jonkheer. 'Mijnheer Van Dijk, het is goed dat u hem heeft gegrepen. Felix zal het van u overnemen!'

'Goed. Alex, ga naar de weg en wacht daar op de ambulance. Stuur ze hier naartoe,' zei Hans.

Hans spoedde zich snel naar Esmeralda en ontfermde zich over haar. Het meisje verloor veel bloed en zag bleek. Het zag er niet goed uit. Ze kreunde lichtjes.

'Bianca, blijf bij haar. De ambulance komt zo. Ik moet even terug naar de heren daar,' zei Hans.

Bianca streek haar vriendin over haar gezicht en zei alsmaar: 'Rustig, het komt wel goed.'

In de verte klonk de sirene van de ambulance al. Felix had De Stroper in een stevige greep en de jonkheer stond met een schuldbewust gezicht naar Esmeralda te kijken.

'Het komt toch wel goed met haar, Van Dijk?' vroeg hij.

'Laten we dat hopen. Voor wie was die kogel bedoeld? Voor de eenhoorn?' vroeg Hans.

'U sloeg mij het geweer uit handen,' riep De Stroper. 'Dus het is uw schuld als dat meisje dood gaat! Ook de schuld van de jonkheer. Die gaf mij de opdracht.'

'De man liegt,' zei de jonkheer. 'Het is een ordinaire stroper.'

'Hij liegt niet,' zei een mannenstem.

De jonkheer draaide zich om en daar stond de veearts, Johan Smit.

Achter hem stond zijn zoon Anton.

'Zeg niets meer,' zei Johan Smit, die langzaam naar de jonkheer toe liep. 'Mijn zoon heeft met alles verteld. Dat hij verdovingsmiddel van mij moest pikken en daar geld voor kreeg. Toen ik dat hoorde besloot ik meteen verhaal te gaan halen bij u. De butler verwees me naar hier. Gelukkig dat mijn zoon het gevoel kreeg mij de waarheid te moeten vertellen, want wat ik hier nu aantref gaat alle perken te buiten. Wat moest u met dat verdovingsmiddel?'

De jonkheer werd rood en liep langzaam achteruit. Hij keek naar Anton, die beschaamd naar beneden keek. Johan Smit kwam dichterbij en de jonkheer liep steeds meer achteruit.

'Zie je wel,' riep De Stroper.

'Wat moest U met dat verdovingsmiddel?' vroeg Johan Smit nog een keer.

Ineens zakte de jonkheer met een hoop gekraak door een takkenmassa heen en viel in een gat. Hij schreeuwde. De Stroper was één kuil vergeten dicht te gooien.

'Ziezo, wie een kuil graaft voor een ander valt er zelf in,' zei Hans.

De ambulancemedewerkers kwamen eraan en bogen zich over Esmeralda. Ze was buiten bewustzijn geraakt en verloor bloed. Ze controleerden de hartslag, stelpten de wond en legden een infuus aan. Daarna legden ze haar op een brancard. Niet veel later kwam ook de politie. Met lede ogen zagen Alex, Hans en Bianca hoe Esmeralda werd weggedragen, nog een heel stuk door het bos. Met twee wagens van de politie werden verdachten en getuigen mee naar het politiebureau genomen. Alex vond Magic Dream terug, die een stuk verder van de plek des onheils was. Alex en Bianca mochten Arival en Magic Dream terug brengen naar de Zadelhoeve. Ze moesten zich meteen daarna op het politiebureau melden.

Hoofdstuk 16

'Waarom kwamen jij en mijn vader eigenlijk naar het landgoed?' vroeg Alex.
'Ik vond het briefje en ik had er een naar gevoel bij. Zeker gezien de eerdere avonturen die ik met Es heb beleefd. Ik ben meteen naar je vader gefietst, die gelukkig thuis was,' legde Bianca uit. 'Met de auto zijn we meteen naar het landgoed gereden en een stuk het bospad opgelopen. We zagen dat het toegangshek open was, anders waren we naar de hoofdingang gegaan. Het is altijd goed een volwassene erbij te hebben, want ons geloven ze toch nooit. Hoe zou het met Es zijn? Ik wil naar haar toe.'
'Dat moet dan later. Laten we in vredesnaam hopen dat alles goed met haar komt. Ik hoop dat ze snel klaar zijn met de verhoren. Ik weet zeker dat mijn vader niets over de eenhoorns zegt. Hij zal het hooguit over verwilderde paarden hebben. Hij zal ook niets zeggen over de afkomst van Magic Dream. Denk erom dat wij ook niets zeggen!'
'Ik zal niets loslaten. Ik moet wel mijn ouders even bellen. Ik zal zeggen dat Es van haar paard is gevallen en in het ziekenhuis ligt en dat ik op bezoek ga. Als ze horen dat ik bij het politiebureau moet komen, ontploffen ze.'
'Als ze horen dat je hebt gelogen, ontploffen ze nog harder.'
'Ik kan dit allemaal toch niet zo snel uitleggen?'
Alex knikte en gaf haar een bemoedigende schouderklop. 'Nee, daarin heb je ook gelijk. Dat doen we later wel. Laten we eerst naar het politiebureau gaan en daarna brengt mijn vader ons wel naar het ziekenhuis met de auto.'
De verhoren duurden toch vrij lang. Ieder werd afzonderlijk verhoord. Tijdens het wachten belden Alex en Bianca beurtelings het ziekenhuis. Die konden nog geen mededeling doen over de toestand van Esmeralda en ze werden steeds angstiger.
De hoofdagent mopperde tegen zijn collega. 'Ik snap er niets van. Van Dijk, zijn zoon en dat meisje hebben het over verwilderde paarden en de jonkheer, mijnheer Felix Bastiaanse en Joop Vink,

die ze De Stroper noemen, beweren dat er eenhoorns waren. Volgens mij hebben die laatste drie lekker zitten pimpelen. De heer Smit en zijn zoon hebben alleen twee paarden gezien. Die zijn van Alex van Dijk en Esmeralda Groenendijk. De jonkheer beweerde dat het bruine paard van Alex van Dijk op zijn landgoed is geboren uit de eenhoorn. Van Dijk en het Esmeralda Groenendijk hebben daarbij geholpen. De jonkheer is van mening dat hij in feite eigenaar is van het bruine paard en dat Van Dijk de papieren heeft vervalst. Joop Vink vertelde dat hij van de jonkheer opdracht heeft gekregen verwilderde paarden te verdoven en was verbaasd toen hij zag dat de dieren hoorns hadden. Hij vond het beter om het jachtgeweer te gebruiken en richtte op de benen van de grootste eenhoorn. Van Dijk sloeg het geweer uit zijn handen, net op het moment dat Joop Vink schoot. Daardoor werd Esmeralda Groenendijk geraakt. Van Dijk heeft dit bevestigd. Een ongelukje dus. Felix vertelde dat hij Van Dijk en Esmeralda Groenendijk heeft gezien, toen zij de veulens uit de eenhoorn haalden. Van Dijk zegt van niets te weten. Het bruine paard heeft hij als veulen gekocht op de markt. Hij weet niets over eenhoorns, hij heeft slechts verwilderde paarden gezien. Anton Smit kreeg van de jonkheer opdracht een verdovingsmiddel van zijn vader te pikken en kreeg daar geld voor. Volgens Anton had de jonkheer gezegd dat het verdovingsmiddel was om de eenhoorns op zijn landgoed te verdoven en te vangen. Wie dient een aanklacht in tegen wie? De jonkheer zegt dat Joop Vink alleen heeft gehandeld en wil hem aanklagen wegens stroperij. Ook wil hij Van Dijk aanklagen wegens vervalsing van het paspoort van het bruine paard en het feit dat hij als landgoedeigenaar recht op het paard heeft. Hij wil ook de jongeren aanklagen wegens vernieling van zijn omheining. Lekkere boel, zeg. Eenhoorns! Geen rechter neemt dit allemaal serieus. We moeten op een later tijdstip mevrouw Esmeralda Groenendijk nog verhoren, als dit mogelijk is. Heb jij het ziekenhuis en de ouders al gebeld?'
Zijn collega knikte. 'Het ziekenhuis kon nog niets melden en ja, ik heb de ouders ingelicht over gebeurde. Ze schrokken vreselijk.'

De getuigen mochten eindelijk gaan. Alex en Bianca fietsten snel terug. Het was al behoorlijk laat.

'Ik moet terug naar huis,' zei Bianca, 'en alles aan mijn ouders uitleggen. Ik wil zo graag mee naar Es.'

'Je kunt inderdaad beter naar huis gaan, Bianca,' zei Alex. 'Ik zal je bellen als ik daar ben om je op de hoogte te houden. Als we terugkomen, komen ik en mijn vader wel even naar je toe om je ouders verder te informeren. Denk erom, zeg niets over de eenhoorns. Voor ons zijn het verwilderde paarden.'

Alex bereikte zijn huis en stapte samen met zijn vader in de auto. Ze reden naar Utrecht. waar het ziekenhuis stond.

Alex probeerde het ziekenhuis te bellen. Tot zijn ergernis was het beltegoed van zijn mobieltje op. Tot ramp van overmaat waren de batterijen van de mobiel van zijn vader ook leeg. Hij werd hoe langer hoe nerveuzer.

'Ik ben benieuwd welke straf de jonkheer krijgt,' zei Alex na een tijdje.

'Ach, de jonkheer zal een goede advocaat kunnen betalen. Die komt er wel met een sisser vanaf. Sterker nog, hij beschuldigde mij op de gang van het vervalsen van het paspoort van Magic Dream en dat hij recht heeft op het paard en dat hij me zou gaan aanklagen en jou ook voor het vernielen van de omheining,' zei Hans

'O, wat moeten we dan doen?' vroeg Alex geschrokken.

'Met het vernielen van de omheining heeft hij zeker een punt. Wat betreft het paspoort kom ik er wel onderuit, hoop ik. Ik denk namelijk dat de jonkheer negatieve publiciteit niet waardeert, dus ik ga nog eens met hem praten.'

'Hij heeft anders wel Esmeralda laten neerschieten. De smeerlap!'

Hans zweeg even. Hij dacht aan het meisje en hoopte dat het allemaal goed ging met haar.

'Dat was de bedoeling niet. Tenslotte is Esmeralda door mijn handeling geraakt. Het was een reflex van mij en daar voel ik me knap schuldig over. Ik denk niet dat we sterk genoeg staan. Dat is vervelend, maar zo liggen de zaken nu eenmaal.'

Ze stonden in een korte file en Alex trommelde ongeduldig met zijn vingers op het dashboard.

'Ik hoop zo dat alles goed is met Es,' zei hij. 'Echt.'

'Je vind haar leuk, hé? Rustig, we zijn er zo,' zei Hans.

Niets is erger dan in een file te staan als je haast hebt. Eenmaal in het ziekenhuis, kon Alex zijn ongeduld niet langer bedwingen. Hij rende naar de balie en vroeg naar zijn vriendin.

'Mevrouw Groenendijk, derde etage, kamer driehonderdenzevenenvijftig.'

Hij nam de trap, want dat leek hem sneller te gaan dan de lift en rende over de gang naar de kamer, zijn vader ver achter zich latend. Hij speurde de kamer af en tot zijn grote opluchting lag ze daar. Bij het raam, met een infuus en wakker. Ze zag nog wat bleekjes. Dolblij rende hij op haar af en omhelsde haar.

'Es! Je leeft,' riep hij.

Hij keek haar aan en bij die aanblik voelde ze haar hart bonzen en ze werd verlegen. Ze wist zich geen houding te geven en wendde snel haar blik af. Ze keek naar zijn handen, die leeg waren.

'Eh, heb je niet eens een bloemetje voor me meegebracht?' vroeg ze. Ze bedoelde het grappig en was er tegelijkertijd verbaasd over dat ze die woorden uit haar keel kon krijgen. Ze voelde dat ze rood werd. Alex kreeg een verlegen blik en bedacht wat hij moest antwoorden. Op dat moment kwam zijn vader binnen en die had wel de tijd genomen om bloemen te kopen. Een prachtig boeket van rode rozen.

'Mijn vader heeft bloemen gekocht. Van ons samen,' zei Alex opgelucht.

'Mijn ouders zijn net weg,' zei Esmeralda. 'Ze zijn de hele middag hier geweest, ook tijdens mijn operatie. Wat waren ze geschrokken.'

'Nou, wij anders ook, jongedame,' zei Hans.

'De artsen haalden de kogel er gelukkig snel uit en vertelden mij dat er geen vitale delen waren geraakt. De wond is gehecht. Het doet nog wel pijn,' zei Esmeralda. 'Morgen mag ik waarschijnlijk weer naar huis.'

'In ieder geval zijn we blij dat het goed met je gaat,' zei Alex en hij vertelde honderduit over het verhoor.

Hoofdstuk 17

De foto die Bianca vlak voor het schot op de eenhoorn had gemaakt, was gelukt. De foto was van een flinke afstand genomen. Desondanks waren de eenhoorns duidelijk te zien. Ze had een de foto laten vergroten en ingelijst, voor zichzelf, voor Esmeralda en voor Alex. Gelukkig waren haar ouders niet zo kwaad als ze had verwacht, zeker niet toen ze het hele verhaal van Hans hoorden. Voor hen bleef het om verwilderde paarden gaan. Hans en de jongelui wisten wel beter. De foto voor zichzelf verborg ze dan ook diep in één van haar bureauladen. Het verhoor van *Esmeralda was intussen achter de rug. Ze had de politie niet meer kunnen vertellen dan Alex en Hans en Bianca al hadden gedaan.

Alex vierde een gezellige verjaardag en was blij met de ingelijste foto en nog blijer met de tekening die Esmeralda had gemaakt. Hij gaf de beide meisjes een dikke zoen op hun wang. Esmeralda werd rood, vuurrood.

'Laten we een geheime eenhoornclub oprichten,' zei Bianca. 'Alleen wij met z'n drietjes en je vader mag er natuurlijk ook bij.'

'Cool,' zei Alex. 'Laten we allemaal even nadenken wat we met die club gaan doen en dan volgende week zaterdag bij elkaar komen.'

De eenhoornclub kreeg vorm. Ze noemden de club de "zilveren hoorn". Ze maakten een eigen site vol met verhalen en tekeningen, die Esmeralda zo mooi kon maken. Bianca zat op haar bed en schreef leuke dingen op voor de "zilveren hoorn". Alleen hun eigen avonturen bleven geheim voor de buitenwereld. Ze had in de bibliotheek een stapel boeken over eenhoorns gehaald. De vreemdste verhalen had ze erover gelezen. Zo zouden eenhoorns niets met paarden te maken willen hebben. Bianca wist wel beter. Alleen de foto van de eenhoorns mocht niet op de site, want dat de dieren echt bestaan, dat moest geheim blijven.

Hans had met de jonkheer gesproken en hem gedreigd met negatieve publiciteit. De jonkheer had daarop besloten om zich terug te trekken.

Hij had uiteindelijk gezegd: 'Goed. Nog meer ellende hoef ik niet te verdragen. Zoals het zich laat aanzien, kan ik dit landgoed niet langer meer bekostigen en het beetje geld dat ik eruit zal kunnen slaan als ik u ga aanklagen, zal ook niet veel helpen.'

Zelfs over de kapotte omheining klaagde hij niet meer.

De zaak tegen Joop Vink liep nog. Hij werd aangeklaagd wegens stroperij, ongeoorloofd wapenbezit en poging tot dierenmishandeling. Het verwonden van Esmeralda werd gezien als ongeluk.

Na een paar maanden was er een kleine rommelmarkt in het dorp. De "zilveren hoorn" had ook een kraampje en ze verkochten buttons met een eenhoorn erop. Ze hadden al veel leden op de site.

'Heb je het al gehoord?' vroeg een klasgenootje van Esmeralda. 'Het landhuis staat te koop!'

Esmeralda's hart maakte een vreugdesprongetje.

'Echt?' vroeg ze. 'Dus de jonkheer gaat weg.'

Dit was het beste nieuws van de dag en ze belde met haar mobiel - die ze voor haar verjaardag had gekregen - haar vrienden op. Zoals afgesproken met het geheime wachtwoord "Mystery"

'De jonkheer heeft het landhuis te koop gezet,' riep ze zo hard, dat iedere voorbijganger haar kon horen.

Maya had goed nagedacht. De eenhoorns hadden hier zoveel meegemaakt, dat ze de omgeving voor hen niet meer veilig vond. Ze zou hen verder laten trekken, verder weg, dieper de wouden in, weg van dit landgoed. Ze moest snel zijn, want de omheining was nog niet hersteld. Daaruit konden de eenhoorns ontsnappen. Ze riep alle vogels bijeen. De vogels konden boven het groepje vliegen en waarschuwen als er mensen kwamen, zodat de eenhoorns zich tijdig konden verschuilen.

Eerst wilde ze Esmeralda nog bedanken. Ze riep een duif en zette haar mooie kroontje af. Het was een prachtig kroontje van uiterst fijn gouddraad en versierd met klimopranken en piepkleine robijntjes, met in het midden een grotere.

Nu, van het hoofd van Maya gehaald, was het kroontje zichtbaar voor mensenogen. Ze had een propje papier in het bos gevonden en

met een piepklein veertje en kleurstof uit een plant, schreef ze haar
boodschap. Ze vouwde het kroontje en papier in een blad en bond
dit met een touwtje van gevlochten gras om de hals van de duif.
Maya wist dat Esmeralda een goede dierenartsassistente,
misschien zelfs later dierenarts of veearts kon worden. Met het
kroontje zou ze beter kunnen aanvoelen wat een dier scheelde en
kon ze dieren op haar gemak stellen. Maya drukte haar voorhoofd
tegen die van de duif en liet hem zo zien waar Esmeralda woonde.
De duif vloog weg.

In de kamer van Esmeralda zat de "zilveren hoorn" bij elkaar, met
z'n drietjes. Hans was nooit bij de bijeenkomsten. Hij vond het
allemaal erg leuk, maar toch echt iets voor de jeugd.
Ineens hoorden ze gefladder. Ze zagen een duif in het raamkozijn
landen. Een briesje waaide door het open raam naar binnen en de
duif koerde zachtjes.
'Wat kom jij nu doen?' vroeg Esmeralda. Toen zag ze het; dat
blaadje om de hals van de duif.
De duif trippelde naar haar toe en Esmeralda pakte het blad.
Esmeralda scheurde het blad open en was blij verrast. Wat een
prachtige ring.
'Wat is dat nu?' vroeg Bianca nieuwsgierig.
Esmeralda keek naar Alex. Ze hadden nu al een paar maanden
verkering. Alex keek onschuldig en zei: 'Ik weet van niets, hoor. Ik
heb toch geen duif nodig om je iets te geven. Kijk, er is nog een
briefje bij.'
Met trillende vingers opende Esmeralda het papiertje. De lettertjes
waren wel erg klein.
'Wat staat er?' vroeg Bianca.
Met een loep - van vader geleend - konden ze de tekst lezen.

"Lief mensenkind. Voor jou een kroon. Bijzonder en krachtig. Jij
bezit de juiste gevoeligheid om er ooit profijt van te hebben. Hij is
voor jou, omdat je de eenhoorn het leven hebt teruggegeven. De
eenhoorns trekken nu uit het oude bos. Het is hier te gevaarlijk

115

voor ze. Teveel mensen weten ervan. Eens zullen ze worden ontdekt door de mensen en gevangen genomen of gedood worden. Je kunt ze soms zien, in de grote robijn van de kroon. Liefs, Maya"

'Wie is Maya nu weer?' vroeg Alex.
'Geen idee,' zei Esmeralda. 'Het lijkt wel een grap. Kroon? Dit is toch een ring?'
Ze deed hem om haar om haar ringvinger, hij paste precies.
'Zie je wel, een ring. Raadselachtig, hoor.'
De duif fladderde op en vloog weg. De drie vrienden gingen voor het raam staan en volgden de vogel. In de verte zagen ze een enorme groep vogels opstijgen.
Nieuwsgierig keken ze naar de grote robijn. Ze zagen alleen de spiegeling van de omgeving.
'Ik ga hier een verhaal over schrijven voor de site,' zei Bianca. 'De ring van de eenhoorn.'
'Ha ha,' lachte Esmeralda. "Maak er een leuk verhaaltje van. Dat kun je zo goed.'
Haar vrienden vertrokken pas tegen twaalven en Esmeralda keek naar buiten. De maan was bijna vol. Ze keek nog een keer naar de ring. Nu zag ze het ineens. Was het verbeelding of toch niet? In de grote fonkelende robijn zag ze twee eenhoorns door een bos lopen, omringd door talloze vogels in allerlei soorten en maten.
'Het is echt waar,' zei ze bijna ademloos.
Het leek wel een film, die ze zag. Mystery en Miracle draaiden hun hoofd om. Ze meende dat de eenhoorns een knipoogje gaven. Een warm gevoel stroomde door haar hart en ze bleef in de steen kijken totdat het beeld langzaam vervaagde.
Ze drukte haar hand met de ring tegen haar borst en zei, terwijl de tranen in haar ogen opwelden: 'Ik hoop dat jullie snel een veilige plaats vinden. Vaarwel, Mystery en Miracle.'